안토니오 타부키는 1943년 9월 24일 이탈리아 피사에서 태어나, 포르투갈 시인 페르난두 페소아의 영향을 받아 포르투갈어와 문학을 공부했다. 베를루스코니 정부를 향해 거침없는 발언을 했던 유럽의 지성인이자 노벨상 후보로 거론되던 걸출한 작가이면서 페소아의 중요성을 전 세계에 알린 번역자이자 명망 있는 연구자 중 한 사람이다. 『이탈리아 광장』(1975)으로 문단에 데뷔해 『인도 야상곡』(1984)으로 메디치 상을 수상했다. 정체불명의 신원을 추적하는 소설 『수평선 자락』(1986)에서는 역사를 밝히는 탐정가의 면모를, 페소아에 관한 연구서 『사람들이 가득한 트렁크』(1990)와 포르투갈 리스본과 그의 죽음에 바치는 소설 『레퀴엠』(1991), 『페르난두 페소아의 마지막 사흘』(1994)에서는 페소아에 대한 열렬한 애독자이자 창작자의 면모를, 자기와 문학적 분신들에 대한 몽환적 여정을 좇는 픽션 『인도 야상곡』과 『꿈의 꿈』(1992)에서는 초현실주의적 서정을 펼치는 명징한 문체미학자의 면모를, 평범한 한 인간의 혁명적 전환을 이야기하는 『페레이라가 주장하다』(1994)와 미제의 단두 살인사건 실화를 바탕으로 쓴 『다마세누 몬테이루의 잃어버린 머리』(1997)에서는 실존적 사회역사가의 면모를, 움베르토 에코의 지식인론에 맞불을 놓은 『플라톤의 위염』(1998)과 피렌체의 루마니아 집시를 통해 이민자 수용 문제를 전면적으로 건드린 『집시와 르네상스』(1999)에서는 저널리스트이자 실천적 지성인의 면모를 살필 수 있다. 20여 작품들이 40개국 언어로 번역되었고, 주요 작품들이 알랭 타네, 알랭 코르노 등의 감독에 의해 영화화되었으며, 수많은 상을 휩쓸며 세계적인 작가로 주목받았다. 국제작가협회 창설 멤버 중 한 사람으로 활동했으며, 시에나 대학에서 포르투갈어와 문학을 가르쳤다. 2012년 3월 25일 예순여덟의 나이로 두번째 고향 포르투갈 리스본에서 암 투병중 눈을 감아, 고국 이탈리아에 묻혔다.

# 플라톤의 위염

인문 서가에 꽂힌 작가들

# 플라톤의 위염

안토니오 타부키 선집 2

김운찬 옮김

문학동네

*La gastrite di Platone*
by Antonio Tabucchi

# 안토니오 타부키 선집을 펴내며

박상진
부산외국어대학교 이탈리아어과 교수

이탈리아 작가 안토니오 타부키Antonio Tabucchi(1943~2012)는 현대 작가들 중에서 단연 독특한 위치에 있다. 그의 창작법과 주제는 남다르다. 그의 글을 읽으면 우선 서술기법의 특이함에 매료된다. 그의 글에서는 대화를 따옴표로 묶어 돌출시키지 않고 문장 안에 섞는 경우가 많다. 그러나 잘 들린다. 물속에서 듣는 느낌, 옛날이야기를 듣는 느낌, 그러나 말의 날이 도사리고 있는 느낌이다. 그렇게 인물의 목소리는 화자의 서술 속으로 녹아들면서 내면 의식의 흐름으로 변환된다. 그러면서 그 내면 의식이 인물의 것인지 화자의 것인지 잘 구분되지 않는다. 마치 라이프니츠의 단자처럼, 외부가 없이 단일하면서 다양한 존재 방식으로 세계를 이해하려는 듯 보인다. 독자가 이러한 창작 방식을 장편으로 견디기는 쉽지 않다. 그래서인지 그의 글들은 대부분 짧다.

타부키는 콘래드, 헨리 제임스, 보르헤스, 마르케스, 피란델로, 페소아와 같은 작가들의 영향을 받았다. 특히 피란델로와 페소아처럼 그의 인물들은 다중인격의 소유자로 나타나며, 그들이 받치는 텍스트는 수수께끼와 모호성의 꿈같은 분위기 속에서 자유연상의 메시지를 실어나른다. 또 지적인 탐사를 통해 이국적 장소를 여행하거나 정신적 이동을 하면서 단명短命한 현실을 창조한다. 이 단명한 현실은 부서진 꿈의 파편처럼, 조각난 거울 이미지처럼, 혹은 끊어진 필름의 잔영처럼 총체성을 불허하는 '지금 여기'의 현실을 반영한다. 텍스트 바깥에서든 안에서든 그는 머물지 않는다.

움베르토 에코를 비롯하여 세계적으로 알려진 생존하는 이탈리아 작가들이 사회와 정치에 대한 의식이 부족하다는 비판을 받는 것과 대조적으로 타부키는 이탈로 칼비노와 엘사 모란테, 알베르토 모라비아, 레오나르도 샤샤와 같이 사회와 역사, 정치에 거의 본능적으로 개입했던 바로 앞 세대 작가들의 노선을 이어받았다. 개성적인 상상의 세계를 독특하게 펼쳐내면서도 그 속에서 무게 있는 사회역사적 의식을 담아내는 데 성공한 것이다. 소설과 수필의 형식을 통해 상상의 세계를 그려내는 측면뿐만 아니라 사회 현실과 철학적 화두를 에세이 형식으로 펼쳐내는 존재론적, 실천적 문제 제기는 신랄하면서도 깊은 울림을 지닌다.

타부키의 텍스트는 탄탄하고 깔끔하다. 군더더기가 없다. 넘치지도 모자라지도 않는다. 의식은 텍스트에서 직접 표출되지 않는다. 그보다는 인물의 심리, 내적 동요, 열망, 의심, 억압, 꿈, 실존의식과 같은 것들의 묘사를 통해 떠오른다. 바로 그 점이 그의 텍스트를 열린 것으로 만들어준다. 그의 텍스트는 전후의 시간적, 논리적, 필연적 인과성을 결여한 채, 서로 분리되면서도 연결되는 구조로 되어 있다. 그래서 독자는 중간에 머물 수도 있고, 일부를 건너뛸 수도 있으며, 거꾸로 읽을 수도 있을 것이다. 작가는 독자가 자유롭게 읽을 수 있도록 배려를 아끼지 않는다. 그러나 독자에게 대답을 찾는 퍼즐을 제시하기보다는, 계속해서 물음을 떠올리고 스스로의 퍼즐을 만들어나가도록 한다. 타부키의 텍스트가 퍼즐로 이루어진 것은 맞지만 그 퍼즐은 또다른 퍼즐들을 생산하는 일종의 생산 장치이며 중간 기착지인 것이다. 그 퍼즐들을 갖고 씨름하면서 독자는 자기를 둘러싼 사회와 역사의 현실들, 그리고 그 현실들을 투영하는 자신의 내면 풍경들을 조망하게 된다.

타부키는 이탈리아에서 태어나 교육을 받았지만 평생 포르투갈을 사랑했고 포르투갈 여자를 아내로 삼았으며 포르투갈의 문화를 연구하고 소개했다. 피사 대학에서 포르투갈 문학을 전공했고 리스본의 이탈리아 대사관에서 일했으며 시에나 대학에서 포르투갈 문학을 가르쳤고 페르난두 페소아의 작품을 번역했다. 또 그의 작품들 상당수는 문학, 예술, 음식에 이르기까지 포르투갈의 흔적들로 채워져 있다. 포르투갈은 그에게 영혼의 장소, 정념의 장소, 제2의 조국이었다. 타부키는 거의 일생 동안 그 땅은 자신을 받아들였고 자신은 그 땅을 받아들였다고 고백한다. 그는 그의 깊숙한 곳에 자리한, 그도 그 깊숙이 자리하고 있는, 그러한 나라를 평생 기억하고 묘사한다.

포르투갈의 흔적은 타부키에 대해 비교문학적인 자세와 방법으로 접근할 것을 요구한다. 타부키 스스로가 대학에서 비교문학을 가르친 비교문학자였다. 비교는 경계를 넘나들면서 안과 밖을 연결하고 또한 구분하도록 해준다. 포르투갈에 대한 타부키의 관심은 은유적인 것에 그치지 않는다. 그는 포르투갈의 정체성을 탐사하면서 그로써 이탈리아의 맥락을

환기시킨다. 최종 목적지가 어느 한 곳은 아니지만, 타부키가 포르투갈을 이탈리아의 국가적, 지역적 정체성의 문제를 검토하는 무대로 사용한 것은 틀림없다. 또 그 자신이 서구인임에도 영어권을 하나의 중심으로 놓고 스스로를 주변인으로 인식하는가 하면, 포르투갈의 입장에 서서 유럽을 선망의 대상이자 극복의 대상으로 보기도 한다.

이번에 선보이는 '안토니오 타부키 선집'에 포함된 소설과 에세이는 주로 1990년대 전후에 발표된 것들이다. 이 시기는 타부키가 활발하게 활동한 기간이기도 하지만, 세계사적 차원에서 이념적, 경제적, 정치적으로 급격한 변화가 있었던 시대였고, 이탈리아도 예외는 아니었다. 그러나 타부키가 정작 관심을 둔 것은 현실 그 자체라기보다는, 그 현실이 개인의 내면과 맺는 관계와 양상이었다. 바로 이 때문에 그의 글은 독자로 하여금 깊은 울림을 체험하게 한다. 소설뿐만 아니라 에세이 형식으로 상상의 세계와 함께 이론적 논의를 풍성하게 쏟아낸 그의 글들 역시, 역사와 현실에 대한 지식인적 대결의 자유로우면서 진지한 면모를 보여준다.

'안토니오 타부키 선집'과 더불어 현대 이탈리아 문학의 한 단면이 지닌 정신적 깊이와 실천적 열정을 독자들 역시 확인할 수 있기를 바란다.

짙은 향수와 더불어 사랑하는 레오나르도 샤샤,
피에르 파올로 파솔리니를 기억하면서.

일러두기

1 이 책은 아래의 원서를 한국어로 완역한 것이다.
Antonio Tabucchi, *La gastrite di Platone* (Palermo: Sellerio editore, 1998)
2 여기에 실린 주는 맨 앞에 (원주)를 달아 표시된 경우를 제외하면 모두 옮긴이 주이다.
3 원서에서 이탤릭체나 대문자 등으로 강조된 경우 여기서는 고딕체로 표시했다.
4 단행본이나 신문은 『 』로, 영화, 공연, 그림 등은 〈 〉로 표시했다.

미래는 과거의 심장을 갖고 있다.
카를로 레비[1]

나 같은 사람을 구성원으로
받아들이는 단체에 속하는 것을
나는 받아들이고 싶지 않다.
그루초 막스[2]

소방관: 정확히 4분의 3시간 16분 후에 도시의 맞은편 끝에서 화재가 발생합니다. 서둘러야 해요. 비록 별것이 아니더라도 말이오.
스미스 부인: 뭘까요? 혹시 벽난로의 작은 불일까요?
소방관: 오, 그보다 더 작아요. 짚불이거나 위장이 가볍게 쓰리는 정도지요.
외젠 이오네스코, 『대머리 여가수』[3]

이 악마 같은 연출은, 우연히 동시에 출판된 것이 아닌 소설 두 편의 내용이기도 한데, 샤샤의 『단순한 이야기』[4]는 1차 소송의 시작과 동시에 출판되었고, 타부키의 「뉴욕에서 나비 한 마리의 날갯짓이 베이징에 태풍을 일으킬 수 있을까?」[5]는 2차 소송의 시작과 동시에 출판되었다.

배석 판사 라우라 베르톨레 비알레 박사에 의해 작성된,
소프리, 봄프레시, 피에트로스테파니에 대한 1차 항소
소송의 판결문에서[6]

피해망상증의 마차는 이런 황소들, 이런 유익한 멍청이들에 의해 끌려간다.

소프리, 봄프레시, 피에트로스테파니에 대한 1차 항소
소송의 기소 대표자 우고 델로 루소 검사장의 논고에서

……그리고 암탉은
길가로 다시 나와
자기 노래를 되풀이한다.
자코모 레오파르디[7]

1 Carlo Levi(1902~1975). 이탈리아의 화가이자 소설가로, 1934년 반파시스트 운동에 가담했다가 체포되어 이탈리아 남부의 오지에서 유배 생활을 했다. 당시의 경험을 기록한 『그리스도는 에볼리에서 멈추었다*Cristo si è fermato a Eboli*』(1945)는 그의 대표작으로 꼽힌다.

2 Groucho Marx(1890~1977). 미국의 코미디언이자 작가로, 다섯 명의 형제들로 구성된 코미디언 그룹 막스 브라더스 중 셋째였으며, 이후 독립적으로 활동하며 20세기 전반기에 많은 명성을 얻었다.

3 Eugène Ionesco(1909~1994). 루마니아에서 태어나 프랑스에서 활동한 실존주의 극작가. 인용문의 번역은 원문의 이탈리아어 번역본에 따랐다. 오세곤의 번역본(민음사, 2003, 54쪽)은 다음과 같이 옮겼다. "소방대장: 정확하게 사분의 삼 시간 십육 분 후에 불이 날 거거든요. 서둘러야 됩니다. 그렇게 큰 건 아니지만./스미스 부인: 어떤 건데요? 작은 난롯불인가요?/소방대장: 아뇨. 그 정돈. 그저 밀짚을 태우고, 배 속이 뜨끔한 정도요."

4 르네상스 시대 이탈리아의 화가 카라바조Caravaggio(1571~1610)는 사망하기 직전인 1609년 시칠리아 팔레르모에 있는 성 라우렌티우스 예배당의 중앙 제단화로 〈성 라우렌티우스와 성 프란체스코가 함께하는 그리스도의 탄생〉을 그렸는데, 이 그림은 1969년 8월 17일 도난당했고 아직까지도 그 행방이 묘연하다. 시칠리아의 다양한 문제와 범죄들을 다룬 작품을 많이 발표한 시칠리아 작가 레오나르도 샤샤Leonardo Sciascia(1921~1989)는 이 도난사건과 관련된 짤막한 소설 『단순한 이야기*Una storia semplice*』를 남겼는데, 이 작품은 유언에 따라 샤샤가 죽은 날인 11월 20일에 출판되었다.

5 이탈리아어 제목은 *Può il batter d'ali di una farfalla a New York procurare un tifone a Pechino?*로, 타부키의 단편집 『검은 천사*L'angelo nero*』(1991)에 실린 단편소설 중 하나이다.

6 아드리아노 소프리Adriano Sofri(1942~)는 이탈리아의 정치가로, 1969년 '지속적 투쟁'이란 뜻의 극좌파 성향 단체 '로타 콘티누아Lotta Continua'를 조직하여 1976년 해체될 때까지 이끌었으며, 같은 이름의 주간신문을 1972년까지 발행했다. 1988년 이 단체의 과거 투사였던 레오나르도 마리노Leonardo Marino(1946~)의 자백을 근거로 소프리는 1972년에 있었던 루이지 칼라브레시Luigi Calabresi(1937~1972) 경찰국장 살해사건의 주범이라는 혐의로 기소되었고, 1990년 함께 기소된 오비디오 봄프레시Ovidio Bompressi(1947~), 조르조 피에트로스테파니Giorgio Pietrostefani(1943~)와 함께 22년형을 선고받고 투옥되었다(이 책의 부록 「편집자의 메모」 참조).

7 Giacomo Leopardi(1798~1837). 근대 이탈리아의 가장 뛰어난 서정시인으로, 어렸을 때 지나치게 공부에 몰두한 나머지 등이 구부정해지고 병약한 상태가 되어 평생 육체적 고통에 시달렸다. 그 때문에 삶은 본질적으로 고통이라는 염세적 인생관이 그의 작품들에 흐르고 있다. 여기에서 인용된 구절은 짤막한 서정시 「폭풍 뒤의 정적La quiete dopo la tempesta」에 나오는 표현이다.

# 차례

# 프롤로그

8 Bernard Comment(1960~). 스위스 출신의 프랑스어 작가로, 주네브에서 문학이론가 장 스타로뱅스키Jean Starobinski(1920~)의 가르침을 받았고, 파리에서 롤랑 바르트Roland Barthes(1915~1980)의 가르침을 받았다. 1986년부터 4년 동안 이탈리아 토스카나 지방에서 거주하면서 피사 대학에서 강의했고, 프랑스에 타부키를 번역하여 소개했다.

9 『미크로메가*MicroMega*』는 1986년 로마에서 창간된 격월간 시사 잡지로 정치, 과학, 문화, 철학 등에 관한 글을 싣고 있다.

10 'Il primo dovere degli intellettuali: stare zitti quando non servono a niente'. 1997년 4월 24일자 이탈리아의 시사 주간지 『레스프레소*L'Espresso*』에 실린 움베르토 에코Umberto Eco(1932~)의 칼럼이다. 에코는 1985년 3월부터 『레스프레소』에 '미네르바 성냥갑La bustina di Minerva'이라는 이름의 한 페이지짜리 칼럼을 매주 쓰기 시작했고 1988년 3월부터는 격주로 쓰고 있다. 여기에서 '미네르바'는 성냥의 상표 이름인데, 마치 빗 모양으로 아랫부분이 서로 붙어 있고 위쪽은 쪼개져 하나씩 떼서 쓰도록 한 종이 성냥이다. 이탈리아어 제목은 bustina, 즉 '작은 봉투'로 되어 있는데, 편의상 '성냥갑'으로 번역했다. 겉면에는 여러 가지 도안이 그려져 있으나, 안쪽은 백지로 남아 있어 간단한 메모를 할 수 있다. 애연가인 에코는 그런 메모장 기능에 착안하여 칼럼의 제목을 그렇게 정한 것이다. 이 성냥은 이탈리아에서 1920년대부터 생산되기 시작했으며 지금도 담배 가게에서 쉽게 찾아볼 수 있다.

11 편의상 '시장市長'으로 옮겼지만, 모든 기초자치단체의 장들을 가리킨다.

# 이 책이 정당화되는 곳

매우 이탈리아적인 주제의 이 조그마한 책자는 역설적으로 프랑스에서 이탈리아로 반향을 불러일으켰다. 바로 알프스 너머의 나라에 다녀온 프랑스 친구들의 관심 덕택에 탄생한 것이다. 이 책자의 구조를 짜고 구성 방식까지 제공한 베르나르 코망[8]의 개입이 없었다면, 아마 독립적인 단행본으로 나오지 못하고, 1997년 5월 『미크로메가』[9]에 발표된 짤막한 논평(아니 '개입')으로만 남아 있었을 것이다. 「미네르바 성냥개비 하나Un fiammifero Minerva」라는 제목의 그 글은 1997년 4월 24일자 『레스프레소』에 실린 움베르토 에코의 '미네르바 성냥갑' 칼럼 「지성인들의 첫번째 의무: 아무 소용이 없을 때에는 침묵하는 것」[10]에서 실마리를 이끌어낸 것이다. 내가 보기에 그 글에서 움베르토 에코는 지성인에게만 유일하게 문화(나는 차라리 문화적 자산이라고 말하고 싶다)의 운영을 위임하고, 또한 두 가지 권위적인 주장(첫째, 집이 불타고 있을 때 지성인이 할 수 있는 유일하게 상식적인 일은 소방관들을 부르는 것이다. 둘째, 시민 교육 방식에 무감각한 시장[11]들을 설득하는 것은 헛일이며, 따라서 그런 시장의 손자들이 할아버지와 똑같은 사고방식으로 성장하지 않도록 만드는 데 사용할 교범을 쓰는 것이 지성인에게 더 유익하다는 것이다)

을 토대로 지나치게 우울한 (또는 아마 무의식적으로 냉소적인) 지성인의 모습을 그리고 있는 듯하다. 『미크로메가』에 실린 내 글은 논쟁적인 지성인의 모습(저주받은 사악한 종족에 속하는지, 아니면 아라비아의 불사조 종류에 속하는지 알 수 없는)보다, 현재의 인간 공동체 안에서, 특히 이탈리아에서 이따금 산발적으로 나타나는 지성인의 '기능'을 '회복시키기' 위한 것이었다. 그러기 위해서는 흥미롭게도 에코가 자신의 글에서 간과하고 있는 지성인 유형, 즉 작가 및/또는 시인을 예로 드는 것이, 필수불가결한 것은 아니지만 적절하다고 생각했다. 에코의 '간과'는 성찰해볼 필요가 있다고 생각했는데, 에코가 작가이기 때문이라기보다, (왕정[12]과 파시스트 정권을 빼놓고 보자면) 이차대전 이후의 이탈리아에서 작가와 시인이 맡을 수 있었던 그런 유형의 '역할'과 관련하여 내 관심을 끌었기 때문이다. 그것이 그다지 명망 있는 역할은 아니었다고 생각한다. 오히려 지성인이라는 동물학적 표본은 (파솔리니[13] 식으로 이해되는) 팔라초로부터 커다란 경멸을 받지 않을 때에는 언제나 자신과 관련된 지성적, 문화적 제도들(아카데미들, 비평학파들 등)에 의해 어느 정도 충분히 배려받았고 언제나 너그럽게 특권적 대접을 받았다는 결론에

12 1861년 통일된 이탈리아는 왕정으로 출발했으나, 20세기 초반 국왕은 무솔리니의 파시즘 정권을 용인했다. 이차대전 후에 그에 대한 책임을 묻기 위해 국민투표를 실시했고, 근소한 차이로 공화정에 찬성하는 편이 승리했다.

13 Pier Paolo Pasolini(1922~1975). 시인이자 평론가, 저널리스트, 영화감독으로 현대 이탈리아의 지성계에 커다란 영향을 끼쳤다. 그는 국가의 권위주의적 권력에 비판적이었으며, 그런 국가권력을 팔라초Palazzo라는 은유로 표현했다. 팔라초는 '궁전' '왕궁' 같은 대규모 건축물을 가리키며, 따라서 이탈리아 정부기관들이 들어 있는 '관저' '청사'를 뜻한다.

이르게 되는데, 왜냐하면 지성인은 상당히 기괴한, 아니 흥미로운 존재로 간주되지만, 어쨌든 (토토[14]의 유명한 〈그럼에도 불구하고〉에 따르면) 없어도 전혀 상관없기 때문이다. 게다가 일부는 파레이손[15]에게서, 또 일부는 20세기의 특정 해석학에서 유래하는 사고방식, 즉 해석학자가 "저자 자신보다 더 많이 안다"(슐라이어마허[16])는 소박한 규칙을 토대로 하는 사고방식에 의하면, 논평자는 논평되는 사람이 없어도 상관없다는 실용적인 삼단논법에 이를 수밖에 없다. 그것은 세르반테스 같은 기억력의 문법학자들에게 언어는 필요 없음을 상기시킨다. 그리고 그 결과를 우리는 보았다.[17]

소방관의 은유(정치적으로는 아주 올바르다. 자기 집이 불타고 있을 때 누가 소방관을 부르지 않겠는가?)에 기반한 에코의 첫번째 주장은 내가 보기에 말하자면 부적절해 보였다. 반면 칭찬받아야 마땅한 소방국이 이탈리아의 구호요청 지역에서 보여준 근무 공로에 대해 이목을 집중할 필요가 있다.

14 토토Totò는 나폴리 출신의 희극배우이자 시인, 극작가 안토니오 데 쿠르티스 Antonio De Curtis(1898~1967)의 예명이다. 〈그럼에도 불구하고*A prescindere*〉는 그의 대표적인 시사 풍자 희극, 즉 '레뷔revue'로, 1956~1957년 이탈리아의 주요 도시들에서 순회공연을 하면서 많은 인기를 끌었다.

15 Luigi Pareyson(1918~1991). 토리노 대학의 철학 교수로 움베르토 에코의 지도 교수였다. 그의 해석 이론은 에코의 기호학과 현대 해석학 분야에 많은 영향을 주었다.

16 Friedrich Daniel Ernst Schleiermacher(1768~1834). 독일의 프로테스탄트 신학자이며 철학자.

17 (원주) 아리스토텔레스의 『니코마코스 윤리학』은 "그러므로 이 음식은 나에게 적합하다"는 식으로 결론을 내렸는데, 그런 실용적 삼단논법은 전혀 소화될 리 없는 과식을 유발하고, 따라서 그런 임상적 지침에는 철학보다 차라리 민중적 표현이 유용하지 않은지, 말하자면 악마보다 더 많이 아는 자는 혹시 그릇 속에서 악마를 찾아낸 것이 아닌지 살펴볼 필요가 있다.

(그리고 1980년 8월의 폭탄 테러 직후 볼로냐 역에서 활약한 이탈리아 소방관들의 유능함은 모든 시민이 기억할 것이다.[18] 다만 화재와 건물 붕괴, 그리고 특히 사망자들의 원인이 된 폭탄을 누가 설치했는지 찾아내는 것은 불쌍한 소방관들의 임무가 아니다. 그것은 지성인들 외에 특히 시민들이 알고 싶어하는 것이다.)

두번째 주장, 그러니까 지성인의 임무는 제대로 교육받지 못한 시장의 손자들을 인내심 있게 가르치는 것이라는 주장은 아드리아노 소프리 같은 지성인에게 적합한 주제처럼 보였다.

그런 주제와 관련하여 그가 아닌 어느 누가 자신을 기소한 자의 손자들의 정신적 성숙에 유익한 교범을 쓸 만큼 20년이나 '자유로운 시간'을 마음대로 활용할 수 있겠는가?

그래서 나는 내 생각을 아드리아노 소프리에게 보내는 공개서한 형식으로 『미크로메가』에 쓰기로 결심했다. 이는 이탈리아 지성인 계층을 조그마한 변증법적 논쟁에 끌어들이는 하나의 방식이면서도 그것을 무력하게 하는 방식으로, 이 논쟁이란 바로 추상적인 이론뿐만 아니라, 특히 나에게 그 비정상적 성격이 아주 불안하게 보였던(또한 지금도 불안하게 보이는) 경험적 본성에서 나온 현상(그러니까 소프리, 봄프레시, 피에트로스테파니에 대한 선고를 말한다)에 대한 것이다. 하지만 편지의 수신인과 몇 차례 주고받는 공놀이(분명

18 1980년 8월 2일 이탈리아 볼로냐Bologna 중앙역에서 폭탄 테러가 발생하여 여든다섯 명이 사망하고 역의 청사가 무너지는 비극이 발생했다. 이 테러는 극우파 네오파시스트들에 의한 것으로 밝혀졌다.

히 감옥의 안뜰은 윔블던선수권대회의 테니스 코트와 똑같은 특징을 갖고 있지 않으며, 감옥의 벽은 테니스 코트의 분리 네트와 똑같은 특징을 갖고 있지 않다)를 넘어서서 '변증법'이라는 용어와 그것을 가장 많이 사용하는 철학자가 처해 있는 퇴직 상태를 고려하지 못한 나의 낙관론 때문에, 나는 안토니오니[19] 감독이 〈블로우업〉에서 보여준 것과 비슷한 시합을 하게 되었으며, 에코의 주장에 대한 나의 반대 주장에서 지극히 소박한 종합을 도출했으니, 이는 식욕만 자극하고 실제로는 사순절의 단식이 뒤따르는 꼴이 되었다. 이 빈약한, 거의 플라톤적이라고 말하고 싶은(이 형용사가 딱 맞아떨어져 보이는데) 향연에서는 오늘날 수도원이 우리 모두에게 제공하는 소화시켜야 할 요리의 빈약함에 비해 과잉 분비된 위액이 우스꽝스럽게 보이지만, 이 작고 필수불가결한 책자는 그런 향연의 증거가 되고자 한다.

19 Michelangelo Antonioni(1912~2007). 이탈리아의 영화감독으로, 영어로 제작된 〈블로우업*Blow-Up*〉(1966)에서 테니스 시합을 무언극으로 흉내내는 장면이 나온다.

# 제1장
# 미네르바 성냥개비 하나

20 Eugenio Montale(1896~1981). 이탈리아의 대표적인 현대 시인으로, 1975년 노벨문학상을 수상했다.

21 Vecchiano. 피사 북쪽의 작은 소읍으로, 타부키는 그곳의 외갓집에서 성장했다.

22 1996년 12월 27일 이탈리아 토리노와 피아첸차 사이의 고속도로 위 육교에서 몇몇 청소년들이 장난삼아 던진 돌멩이에 맞아 지나가던 승용차 안의 여자가 사망하는 사건이 일어났다.

# 아드리아노 소프리에게 보낸
# 지성인의 모습에 대한 뜨거운 고찰

……빛은 없고
부싯돌만 제공받은 우리 인간이
절대로 알 수 없는 것.
에우제니오 몬탈레[20]

베키아노,[21] 1997년 4월 25일

아드리아노 소프리 씨,

내가 이 공개서한을 쓰게 된 동기는, 움베르토 에코가 1997년 4월 24일자 『레스프레소』의 주간 칼럼 '미네르바 성냥갑'에 쓴 「지성인들의 첫번째 의무: 아무 소용이 없을 때에는 침묵하는 것」을 읽은 것에서 비롯되었습니다. 분명히 우리 모두가 최고의 교양을 갖춘 지성인으로 간주하는 에코가 펼친 주장은, 기하학적 규범에 따라 설명되었고 추상적인 그 문제 제기는 현재 우리 모두가 살아가고 있는 역사적 순간의 구체적인 상황과는 아무런 상관이 없지만, (육교에서 던진 돌멩이 문제[22] 외에) 어쨌든 이를 적용해본다면 칭찬받을 만한 은유적인 예들을 활용하고 있습니다. 그 글에 대해 나는 깊이 생각하고 또 생각했는데, 그 주제에 대해 당신의 의견을 들어보면 좋을 것 같습니다. 왜냐하면 당신은 아주 명석한 분석 능력을 지닌 지성인이라고 여겨지기 때문입니다. 특히 당신의 지성적 자유는 (불행히도 당신에게 '자유'라는 단어는 조롱처럼 들릴 것입니다) 어느 정도 공평하지만 절대로 오만하거나 공리적이지 않다고 생각하기 때문입니다. 또한 순응주의가 오래된 일이 되어버린 이탈리아 같은 나라에서 순응주의를 불신하는 당신의 판단력은 '새로움'을 보여준다고 생각하기 때문입니다. 마지막으로 나는 당신을 창조적 지성인으로 간주하기 때문입니다. 그 이유는 한편으로는 모든 변증법이 제3의 새로운 요소를 도출해내기 때문에 창조적이듯 당신 사고의 변증법적 역량 덕분이며, 다른 한편으로는 지금 당신이 처한 상황 때문이기도 한데, 당신의 의지와 상반되는 당신의 상황은 (내가 냉소적이라고 생각하지 말고 용서해주기 바랍니다) 아마 경종을 울려줄 문화적 '새로움'을 보여주고 있기 때문에, 내가 곧바로 포착하려고 결정한 것입니다. 그렇기에 나는 당신에게 우리 모두가 활용할 수 있는 인쇄 매체들을 통한 대화를 제안하는 바입니다.

그리고 당신의 관점이 내게는 흥미롭습니다. 혹시 내가 내 관점의 악습으로 인해 '관점'이라고 말하는지도 모릅니다. 그러니까 이미 많은 소설을 썼기 때문에 자신의 등장인물들을 통해 아주 다양한 관점을 실천해 보았고, 따라서 관점은 소설에서 커다란 중요성을 갖고 있으며, 삶에서는 기본적인 사실이라는 확신에 도달한 자의 관점에서 그렇다는 말입니다. 옛날 스페인 시인이 이미 말했지요. Una cosa piensa el bayo y otra quien lo ensilla, 말하자면 "말馬은 이것을 생각하는데 그 말을 탄 사람은 저것을 생각한다"고 말입니다.

나는 기하학 도형에 별로 자질이 없었습니다. 그래서 고등

학교 시절에 나는 입체, 심지어 십이면체까지 정면에서 바라보는 사람이 단일한 관점에서 편안하게 읽을 수 있도록 공책의 종이 위에 별 어려움 없이 평면 전개도를 신속하게 그릴 수 있는 동료에게 감탄했지요. 나는 공책 위의 그 도형이 순수함과 최고 정수精髓의 정복이자, 십이면체가 거추장스럽게 공간을 차지하고 있던 불안정한 부피를 상실하면서 얻은 장엄한 명료함이라고 생각했습니다. 하지만 나는 아무리 십이면체의 플라톤적 이데아(이렇게 부를 수 있겠지요)로 나아가려고 노력해도, 내 성향은 그 열두 개의 면을 바라보기 위해 한 바퀴 빙 돌면서 그야말로 세속적인 물질성을 관찰하는 것이었지요. 이렇게 표현할 수 있을지 모르겠지만, 그것은 바로 십이면체를 '이해'한다는 나의 순진한 환상, 그러니까 그 모든 면을 보기 위해 관점을 바꾸는 것이었습니다. 그러한 나의 자연적인 성향은 나중에 실제로 십이면체의 주위를 돌면서 보는 사람들(그들을 열거하는 것은 지루할 것입니다)의 여러 책을 읽으면서 위안을 받았는데, 특히 움베르트 에코의 탁월한 논문(바로 「열린 작품Opera aperta」이었는데, 당시 1962년에 나는 아직 어린애였어요)으로, 제임스 조이스James Joyce의 시학詩學에 관한 매우 흥미로운 글이었습니다. 그 글에서 '관점'은 바로 '인식론적 은유'(이 경우 언어를 통해 나타나는)로 해석되었습니다. 아니, 에코의 말대로 정확히 말하자면, "조이스가 전통적 방식과는 다른 특정한 방식으로 사물을 바라볼 수 있는 가능성을 모호하게 감지했고, 그 다른 '시각'을 언어에 적용했던 것처럼" 말입니다. 『피네건의 경야 *Finnegan's Wake*』에 대한 매우 탁월한 에코의 분석에서 더더욱 내 관심을 끌었던 것은 시간의 가역성이었습니다. 에코는 미국 과학자의 이론(한스 라이헨바흐,[23] 『시간의 방향』, 1956)을 조이스의 소설에 적용하면서, 어떻게 조이스가 전통적인 서사 방식(구체적으로 말하자면, 사건을 논리적 연쇄에 따라 읽는 전통적 방식)을 뒤집었는지 증명했습니다. 에코는 이렇게 지적했지요. "만약 전통적 소설에서 A(예를 들면 돈 로드리고[24]의 탐욕)가 사건 B, C, D(약혼자들의 도피, 루치아의 납치, 렌초의 탈출)의 원인으로 간주되었다면, 『피네건의 경야』 같은 책에서는 완전히 다른 상황이 전개된다. 그러니까 한 낱말이 어떻게 이해되느냐에 따라 앞에서 예상되었던 상황이 완전히 뒤바뀌고, 한 암시가 어떻게 해석되느냐에 따라 먼 옛날 유령의 정체성 자체가 문제시되고 왜곡된다."(움베르토 에코, 『조이스의 시학*Le poetiche di Joyce*』, 봄피아니, 1966년판 및 이후의 다양한 판본들) 부정할 수 없이 그것은 지극히 매력적인 인식론적 전망을 열어주었습니다. 원인과 결과의 축을 뒤바꾸어 현실을 '뒤집어' 읽는다는 것은 매력적이었어요. 그리고 조이스의 시간(그리고 의식의 흐름)의 가역성을 '역사의 가역성'으로 대체하면, 그런 읽기는 더욱 흥미로워지

23 Hans Reichenbach(1891~1953). 독일의 과학자이자 과학철학자로, 이차대전 직전에 미국으로 건너갔다. 『시간의 방향*Direction of Time*』은 그가 죽은 후 1956년에 출판되었다.

24 근대 이탈리아의 대표적 작가 알레산드로 만초니Alessandro Manzoni(1785~1873)의 고전적인 역사소설 『약혼자들*I promessi sposi*』에 나오는 등장인물이다. 이 소설의 배경은 17세기 스페인의 지배하에 있던 밀라노이다. 시골 출신의 하층민 주인공 루치아Lucia와 렌초Renzo가 결혼하려고 하는데, 스페인 귀족 돈 로드리고Don Rodrigo가 루치아를 강제로 빼앗으려고 한다. 결국 그의 손길을 피하기 위해 두 약혼자는 헤어지고, 수많은 어려움을 겪다가 마침내 다시 만나 결혼하게 된다.

고 더 많은 놀라움을 간직할 수 있습니다. 특히 사건들이 신비에 싸여 있을 때 그렇지요. 그렇게 하기 위해 필수적으로 조이스의 숙달된 언어능력을 가져야 할 필요는 없고, 그 원리를 이해하는 것으로 충분합니다. 조이스의 '체계'에는 잘 알려진 (그리고 풀기 어려운 수수께끼로 알려진) 논리학 문제를 상기시키는 무엇인가가 있기 때문인데, 그것은 다음과 같이 표현될 수 있습니다. 어느 사형수가 있는 감방에 문이 두 개 있는데, 각각의 문을 간수가 지키고 있습니다. 문 하나는 사형장으로 안내하고, 다른 문은 구원으로 안내합니다. 간수 한 명은 언제나 진실을 말하고, 다른 간수는 언제나 거짓을 말합니다. 사형수는 어느 것이 구원의 문이고 어느 것이 사형장의 문인지 모르며, 어느 간수가 진실을 말하고 어느 간수가 거짓말을 하는지 모릅니다. 그래도 구원받을 가능성은 있지만, 두 간수 중 한 사람에게 단 한 번의 질문만 할 수 있습니다. 어떤 질문을 해야 할까요? 해답은 이렇습니다. 구원을 받기 위해 사형수는 간수 중 한 사람에게, 그의 동료는 어떤 문이 구원으로 (또는 사형장으로) 안내한다고 대답할 것인지 질문한 다음, 그가 가리키는 문과 반대의 문으로 가는 것입니다. 실제로 만약 진실한 간수에게 질문한다면, 그는 자기 동료의 거짓말을 진실하게 전달하면서 틀린 문을 가리킬 것입니다. 만약 거짓말하는 간수에게 질문한다면, 그는 자기 동료의 진실을 거짓으로 전달하면서 틀린 문을 가리킬 것입니다. 결론적으로 말하자면 언제나 문을 바꾸어야 합니다. 여기에서 교훈은 진실에 도달하기 위해서는 언제나 어떤 의견에 대한 의견을 뒤집어엎어야 한다는 것입니다.(친애하는 소프리 씨, 당신의 상황을 고려해보면, 모호한 취향처럼 보일 수 있는 예를 벌써 두 번이나 들고 있군요. 용서해주기 바랍니다.)

물론 조이스식 '논리logica'의 가역성은 소위 '음모론dietrologica'도 뒤집어엎습니다. '배후dietro'가 이미 여기 우리 앞에 있다는 의미에서 그렇습니다.[25] 그러므로 당신의 사법적 문제에 대한 해석도, 에코가 설명하는 조이스 같은 사람의 눈으로 보면, 누군가에게는 이탈리아 현대사의 몇 페이지에 대한 '깨달음'으로 활용될 수 있다고 가정해봅시다. 그 누군가는, 만약 그런 종류의 추론을 할 수 있다면, 지성과 자기 자신의 방법론을 사용한다는 의미에서 나름대로 지성인입니다. 그리고 그는 당연히 불안해할 것인데, 그에게는 사건이 매우 불안해보이기 때문입니다. 당신의 사건은 증명할 수 있는 증거들이 결여되어 있기 때문에 많은 사람들이 부당하다고 생각하는 판결의 예일 뿐만 아니라, 훨씬 더 방대한 차원을 띠고 있습니다. 그것은 정말로 프로이트를 상기시키는 당혹스러운 것이며, 호프만[26]의 소설에서 나온 것이 아니라 역사에서 나온 '기분 나쁜 것Unheimlich'입니다. 간단히 말해 (거기 있는 당신에게 유감이지만, 이곳에 있는 우리에게도 유감입니다만) 그것은 앞 페이지의 의미를 다시 설정하는 (기호학적으로 이해되는) 모호한 기호입니다. 그리고 여기에서 당신의 사법적 사건은 어떤 원인의 결과라기보다, 역설적으로 예

25 이탈리아어 '음모론dietrologia'은 '뒤에' '배후'를 뜻하는 단어 dietro를 앞에 붙여 만들어졌다. 여기서 타부키는 이 말의 형성에 빗대어 표현하고 있다.

26 Ernst Theodor Wilhelm Hoffmann(1776~1822). 독일 낭만주의 작가로 공상적이며 기괴하고 공포감을 유발하는 작품들을 남겼다. 프로이트는 호프만의 작품을 분석한 글에서 이 용어를 사용했다.

방적인 결과로서의 사후 원인처럼 보입니다. 마치 이렇게 말하는 것과 같습니다. 식욕이 집어삼킨 음식을 정당화하는 것이 아니라, 집어삼킨 음식이 식욕을 정당화한다고 말입니다.

이런 논의가 복잡한가요? 당연히 복잡할 것입니다. 하지만 나와 당신은 그런 논의를 해볼 수 있습니다. 왜냐하면 우리는 움베르토 에코 같은 지성인이 설명한 조이스를 읽은 두 지성인이기 때문입니다. 그런데 내가 말한 『레스프레소』의 글에서, 움베르토 에코가 오늘날 제안하는 지성인의 모습은 무엇일까요? 한 구절 인용하겠습니다. "(할 수 있을 때) 말할 줄 아는 것으로 고려한다면, 지성인들은 사회에 유익하지만, 단지 오랜 기간 동안에만 그렇다. 짧은 기간에는 단지 언어 전문가와 연구전문가가 될 수 있고, 학교를 운영하며, 정당이나 회사의 출판 업무를 담당하고, 혁명을 위해 피리를 불 수도 있지만,[27] 지성인의 구체적 기능을 수행하고 있는 건 아니다. 그들이 오랜 기간에 걸쳐 일할 경우라고 한 것은, 사건의 이전이나 이후에 자신의 기능을 수행할 뿐, 사건이 진행되는 동안에는 수행하지 않는다는 것을 의미한다. 증기기관이 무대에 등장하는 순간, 경제학자나 지리학자는 육로를 통한 운송 방식들의 변화에 대해 경종을 울리거나, 그런 변화가 장차 가져올 이익이나 불편함을 분석할 수 있었다. 아니면 100년 후에 그런 발명이 어떻게 우리의 삶을 혁명적으로 변화시킬지를 증명하기 위한 연구 수행이 가능했다. 하지만 역마차 회

27 이탈리아의 소설가 엘리오 비토리니Elio Vittorini(1908~1966)는 이차대전 직후 이탈리아 공산당 지도자 팔미로 톨리아티Palmiro Togliatti(1893~1964)와 논쟁하는 과정에서, 지성인의 임무는 혁명을 위해 피리를 부는 것이 아니라고 주장했다.

사들이 파산하거나 최초의 증기기관차가 도중에 멈추던 순간, 그들은 아무것도 제안할 것이 없었으며, 어쨌든 마부나 기관사보다 나을 것이 없었고, 혹시라도 그들의 품위 있는 의견을 요구하는 사람이 있었다면, 그는 마치 위염에 대한 치료법을 제시하지 않았다고 플라톤을 비난하는 사람과 똑같이 행동했을 것이다."

바로 여기에서, 친애하는 소프리 씨, 지성인으로서 (하지만 나는 에코가 절대 사용하지 않은 용어를 덧붙이고 싶은데, 시인과 작가로서) 조이스의 깨달음(더욱 뒤로 거슬러올라가 랭보의 깨달음에 대해서는 말하지 맙시다. 왜냐하면 랭보가 명백하게 밝힌 '보는 자voyant'[28]는, 나중에 말하겠지만, '지성'의 노정에서 오랜 역사를 갖고 있기 때문입니다)의 시학을 인식론적 열쇠로 사용하고 싶었던 사람은 커다란 실망감을 느낄 것입니다. 혹시라도 『피네건의 경야』는 "특정한 방식으로 시작되기 때문에 끝나지 않는 책이지만, 그런 방식으로 끝나기 때문에 시작된다고 말할 수도 있다"(에코, 『조이스의 시학』)는 것을 직관한 사람은 일종의 금지 앞에 직면하게 됩니다. 그런 원칙은 아무런 소용이 없습니다. 단지 조이스가 자기 책을 쓰는 데에만 유용하지요. 그리고 분명히 모든 사람이 조이스는 아닙니다. 하지만 거트루드 스타인[29]이 말했듯이 "군소 예술가들은 위대한 예술가들과 똑같이 모든 고통과

28 프랑스 상징주의 시인 랭보Jean-Arthur Rimbaud(1854~1891)가 자신의 독특한 시론詩論을 펼치면서 언급한 시인의 모습으로, '견자見者' 또는 '선지자'로 번역되기도 한다.

29 Gertrude Stein(1874~1946). 미국의 여류 작가로 여러 실험적인 작품들에서 독특한 문체를 선보였다.

불행을 갖고 있지만, 단지 위대한 예술가가 아닐 뿐"입니다. 그리고 만약 이런 원칙이 사실이라면, 각자 자신의 고통과 불행을 갖고 있는 모든 군소 예술가들은 비록 『피네건의 경야』를 쓸 수 없더라도 최소한 그것을 '느낄' 수 있으며, 현실의 문에서 경첩을 뽑아내기 위한 장도리로 그것을 활용할 수 있습니다. 간단히 말해, 군소 예술가들은 (아니면 혹시 원한다면 '지성인들'은) 『피네건의 경야』 같은 작품을 꼭 써야 하는 것은 아니지만, 그런 인식적 기능을 적용할 수 있습니다. 말하자면 현실의 순응주의적 연쇄에 복종하지 않고, 인지認知[30]적 신분을 가진 논리, (에코가 바로 자기 글에서 인용한) 와일더[31]가 말하듯이 "두려움을 감소시키는 지성"(두려움은 모든 것을 하게 만들기 때문이기도 합니다)에 의해 주어지는 그런 인식으로 논의를 뒤집으려고 노력하는 것이지요. 간단히 말해 '임무'에 대해 말하는 헤르만 브로흐[32]의 원칙이 그러한데, 에코는 그것을 명백하게 부정합니다. 브로흐가 말하는 "시적인 것의 임무"는, 예술가가 비트겐슈타인의 지극히 상식적이고 지극히 제한적인 논리를 극복하게 해주는데, 단지 아는 것만 말하도록 허용하는 그런 비트겐슈타인의 논리를 에코의 글은 모델로 지적하는 것 같습니다. 바로 여기에서 지성

30 연극이나 서사 작품에서 사건의 전개에 결정적 역할을 하는 사실을 발견하는 순간을 가리키는데, 예를 들면 어느 등장인물의 신분이나 정체를 발견하는 경우가 그렇다. 아리스토텔레스가 『시학』에서 설명한 개념으로, 그리스어로 '아나그노리시스anagnorisis'이며, 영어로는 recognition로 번역되기도 한다.

31 Thornton Niven Wilder(1897~1975). 미국의 극작가이며 소설가로 퓰리처상을 세 번이나 수상했다.

32 Hermann Broch(1886~1951). 오스트리아의 소설가로 근대 문명에 대한 비판적 성찰이 담긴 작품들을 남겼다.

인에 대한 내 해석은 에코의 해석과 달라지는데, 솔직히 말해 나는 '후기' 비트겐슈타인, 그러니까 어떤 일에서 지나치게 완벽하고 매끄러운 논리는 얼음판처럼 그 위에서 미끄러질 수 있기 때문에 위험하다고 말할 때의 비트겐슈타인을 더 선호합니다. (기억나는 대로 인용하자면, 그는 "거친 땅바닥과 마찰력을 달라"고 말했지요.) 지성인의 임무는(나는 예술가의 임무라고 고집하고 싶습니다만) 바로 그런 것입니다, 친애하는 아드리아노 소프리 씨. 그러니까 위염 치료법을 찾아내지 못했다고 플라톤을 비난하는 것이지요. 그것이 지성인의 '기능'입니다. (그리고 구체적으로 말하자면, 산발적인 기능이지요.) 그런 이유 때문에 나는 예전에 『일 코리에레 델라 세라』[33]에 실린 글에서, 지성인들을 하나의 제도로 만들고 싶어하는 어느 '수다쟁이causeur'에게 대답하면서 바로 '기능'에 대해 말했던 것입니다. 만약 그렇지 않다면, 우리는 조이스를 어떻게 해야 할까요? 또는 벤야민[34]은? 또는 랭보는? 그들을 모두 버릴까요? 가죽 장정본으로 만들어 우리의 귀중한 책장 속에 보관할까요? 아니면 '쓸모없는 물건'으로 다락방에 처박아둘까요? 그리고 파솔리니는? 이탈리아의 모든 신비에 대해 "나는 안다"고 주장했던, 우리의 사랑하는 파솔리니는 어떻게 할까요? 그의 '앎'[35]이 실제로는 아무것도 몰랐다고 우리는 알고 있습니다. 하지만 그는 모두 알고 있었습니다.

33 *Il corriere della sera*. 1876년에 밀라노에서 창간된 일간신문으로, 현재 이탈리아에서 가장 많은 판매 부수를 자랑하고 있다.

34 Walter Benjamin(1892~1940). 독일 태생의 유대인 철학자로 유대 신비주의와 마르크스주의에서 많은 영향을 받았다.

35 다른 맥락에서는 '인식'으로 옮겼다.

우리는 벌써 그를 잊었나요? 나는 잊지 않았고, 친애하는 소프리 씨, 당신도 잊지 않았다고 믿습니다. 그래도 1974년 「나는 안다Io so」라는 제목으로 나온 그의 글을 인용해보는 것이 아마 쓸모없지는 않겠지요.

"나는 안다, 나는 안다, 쿠데타라고 일컬어지는 것의 책임자들의 이름을. (왜냐하면 사실 그것은 '권력'의 보호 체계로 설립된 일련의 쿠데타들이기 때문이다.)"

"나는 안다, 1969년 12월 밀라노 학살[36] 책임자들의 이름을."

"나는 안다, 1974년의 브레시아 학살과 볼로냐 학살[37]의 책임자들의 이름을."

"나는 안다, 그러니까 옛날 파시스트들이나 새로운 파시스트들, 그리고 무지한 자들을 조종한 '정상頂上'의 이름들을……"

"나는 안다. 왜냐하면 나는 지성인이고 작가이기 때문이다. 일어나는 모든 사건을 추적하려고 노력하고, 글로 쓰는 모든 것을 알려고 노력하고, 모르거나 침묵하고 있는 모든 것을 상상하려고 노력하고, 오래된 사건마저도 조직해보고자 노력하고, 총체적이고 일관성 있는 정치적 구도의 무질서하고 단편적인 조각을 함께 모아보려고 노력하고, 자의성과 광기와

36 일반적으로 '폰타나 광장piazza Fontana의 학살'로 일컬어지는데, 1969년 12월 12일 밀라노 폰타나 광장의 국영 농업은행 지점에 설치된 폭탄이 폭발하여 열일곱 명이 사망하고 여든여 명이 부상한 테러가 일어났다. 이 테러를 비롯하여 1968년에서 1974년 사이에 이탈리아에서는 무려 140여 건의 테러가 발생했다.

37 1974년 5월 28일 이탈리아 북부의 도시 브레시아의 델라 로자 광장에서 네오파시스트들의 테러에 반대하는 시위가 진행되는 동안 폭탄이 터져 여덟 명이 숨지고 100여 명이 다쳤다. 볼로냐에서는 1974년 8월 4일 로마에서 뮌헨으로 가던 특급열차 이탈리쿠스에서 폭탄이 터져 열두 명이 숨지고 40여 명이 다쳤다.

신비가 지배하는 것처럼 보이는 곳에서 논리를 다시 세우는 것을 모두 상상해보려고 노력하는 작가이기 때문이다."

더군다나 파솔리니가 1960년대에 이미 네오아방가르드[38]가 확산시키려고 노력하던 것과는 정반대로 지성인의 모습을 이해하고 있었다는 것은 「하느님에 대한 르포르타주Reportage su Dio」라는 제목의 글에서 명백하게 드러나는데, 이탈리아 지성인 계층은 자신들의 파노라마에서 그것을 없애버린 모양입니다. 하지만 나는 간직하고 있습니다. 그 글은 에코의 『조이스의 시학』이 출판된 1966년 사데아 출판사의 잡지 『퀸디치날레 디 나라티바*Quindicinale di narrativa*』(제7호, 가격 300리라)에 실려 있었는데, 내가 '야생적인 무더기'(그것은 특히 지성적이고 창조적인 유형의 멋진 젊은이 잡지의 제목입니다[39])에서 함순, 트레이븐, 콜드웰[40] 같은 이름을 발견하던 신문 가판대에서 팔리던 잡지였지요. 거기에서 파솔리니는 당시 진보적 주간지의 유망한 저널리스트에게 축구의 사회학을 말해주었는데, 그것은 정통 사회학의 도구와 대비되는, 작가(그리고 지성인)의 도구를 이용하여 수행되는, 이탈

38 네오아방가르드(이탈리아어로는 Neoavanguardia)는 1960년대 초반 이탈리아에서 일어난 문학운동으로, 20세기 초반의 아방가르드 (소위 '역사적 아방가르드') 운동의 정신을 새롭게 되살리려고 했다. 움베르토 에코도 그 주요 구성원 중 하나였다.

39 『야생적 무더기*Il Mucchio Selvaggio*』는 1977년 로마에서 창간된 음악 전문 잡지의 제목이기도 하다.

40 크누트 함순Knut Hamsun(1859~1952)은 노르웨이의 소설가로, 1920년 노벨문학상을 받았다. 브루노 트레이븐Bruno Traven(1890~1969)은 미국의 소설가로, 멕시코에 거주하면서 주로 멕시코 인디오들에 대한 작품을 남겼다. 어스킨 콜드웰Erskine Caldwell(1903~1987)은 미국의 소설가로, 고향 남부의 가난과 사회문제에 대한 작품을 남겼다.

리아의 사회학을 위한 구실이었습니다. 거기에서 파솔리니는 아르바시노[41] 같은 우아함을 벗어던지고("그리고 의상과 언어, 그 점에 대해서는 아르바시노의 조언을 구하세요") 이렇게 말했지요. "놀이로서 또 열광으로서의 축구에 관해서는 당신도 충분히 알고 있겠지요. 그러니까 당신은 축구 사회에 대한 몇 가지 여론조사만 하면 돼요. 물론 스캔들이 되는 여론조사이지요. 사회학적 성격의 여론조사에 대해서는 내가 생각하겠어요. 말 그대로 안심시켜주는 움베르토 에코의 조언으로 당신이 안심하고 싶지 않다면 말입니다."

파솔리니는 일부 시인들의 오래된 운명처럼, "하늘이 사랑하는 사람"처럼 젊은 나이에 죽었고, 그래서 나는 그가 자신의 사회학 논의를 계속할 기회가 있었는지 모르겠습니다. 하지만 그 글은 남아 있으며, 지금 어느 신문에서 그것을 다시 싣고 싶다면, 여기 서지사항이 있습니다. 그러니까 파솔리니의 그런 '인식'은 비트겐슈타인의 논리가 아닌 추정적이며 창조적인 인식에 속하며, 바로 "지성적 인식이 아닌 그 무엇, 지성적 인식으로 전환될 수 없지만 그보다 선행하고 뒷받침하며, 만약 그것이 없다면 제아무리 정확하고 명료하더라도 지성적 인식이 유동적인 것으로 남아 있을 그 무엇"(마리아 삼브라노,[42] 『고백. 문학 장르와 방법*La confesión. Género literario y*

41 Alberto Arbasino(1930~). 이탈리아의 작가이며 저널리스트로, 1960년대 초반 네오아방가르드 운동의 구심점 역할을 한 '63 그룹Gruppo 63'의 핵심 작가 중 하나였다.

42 Maria Zambrano(1904~1991). 스페인의 평론가이며 철학자로 스페인 내전에 가담했다가 프랑코 정권이 들어서면서 망명해 여러 나라에서 살았으며 1984년에야 고국으로 돌아갔다.

*método*』, 1943, 몬다도리 출판사의 이탈리아어 번역본)에 속하는 것입니다. 마리아 삼브라노는 지성적 '인식'과 예술적 인식이 결합하여 아주 풍요로운 혼합을 형성하고, 거기에서는 한 성분이 다른 성분을 필요로 하며, 각각의 성분이 독립적으로는 별로 효율적이지 않을 수 있다는 관념을 완벽하게 설명하는 것 같습니다. 지성인의 모습을 그렇게 이해한다면, 지성인의 인식 기능은 (비록 '혼란스러운 인식'일지라도) 커다란 생명력을 가질 수 있습니다. 그리고 그런 의미에서 움베르토 에코가 자크 아탈리[43]와 함께 「지성인과 금세기의 위기」라는 제목으로 파리에서 개최된 학회에서 언급했고, 그 기념비적 성격에 만족하여 『레스프레소』에 실었던 약간 과장적인 문장("지성인들은 직업상 위기를 만들어내지만 해결하지 않는다는 것을 주목하기 바란다")은 분명히 내가 이 논의에서 이해하는 그런 지성인들의 임무에 적합하지 않을 것입니다. 나는 지성인들이 위기를 해결한다는 것은 부적절하다고 생각할 뿐만 아니라(그것은 일부 역사적 아방가르드들, 특히 미래주의와 초현실주의가 그랬듯이, 경우에 따라 가난한 계층에 대해 말하는 지성인이 '일관성을 위해' 노숙인들을 자기 집에 받아들여야 한다고 주장하듯이, 생각과 실천praxis 사이의 모호함에 대한 기나긴 논의로 이끌 것입니다) 지성인의 잠정적인 기능은 위기를 '만들어내는' 것이라기보다 위기 속으로 몰아넣는 것이라고 믿기 때문입니다. 위기 속에 있지 않고 오히려 자신의 입장에 대해 확고하게 확신하고 있는 사람이나 사건을 말입니다.

43 Jacques Attali(1943~). 알제리에서 태어난 프랑스 경제학자이자 작가.

하지만 즉각적으로 써내려가느라고 아마 약간 횡설수설하는 (나도 그 점은 충분히 고려하고 있습니다) 이런 성찰의 맥락을 다시 되찾자면, 조이스나 브로흐, 그리고 다른 많은 사람들처럼, 겉보기에는 비논리적인 연결을 통해 나아가는 파솔리니의 '인식'은 분명히 20세기에 나온 것이 아닙니다. 그것은 오래된 것, 아주 오래된 것입니다. 어떤 면에서 그것은 시간의 부당한 순서에 대해 말하는 아낙시만드로스의 신비로운 단편에 속합니다. ("만물은, 제각기 시간의 부당한 순서에 따라왔다는 형벌을 서로에게 부과하면서, 자신들이 유래한 곳으로 돌아간다."[44]) 또한 그것은 파르메니데스(에코도 그를 인용하지만, 분명히 나와 똑같이 해석하지 않습니다. 하지만 모호함이 정의되었다는 사실은 그런 것을 허용합니다)에 속하는데, 그는 진리를 우주 천체들과의 조화로운 화음으로 이해했던 피타고라스와는 반대로 바로 일탈과 퇴행적 긴장에서 인식의 순간을 찾아냈지요.["사람들은 어떻게 자기 자신과 합치되지 않는 것에, / 활이나 리라처럼 퇴행적 긴장관계가 있는지 / 이해하지 못한다." 마르코비츠[45]가 편집한 이탈리아어 번역본인 『단편들*Frammenti*』(피렌체, 1978)에서 인용한 구절입니다.] 또한 '질서'와 '아름다움'의 동의어인 '코스모스'는 오히려 카오스와 추함이라고 생각했던 헤라클레이토스에 속하는 것이기도 합니다.("세상의 가장 아름다

44 이하 고대 그리스 철학자들의 인용문 번역은 원문의 이탈리아어 번역본을 토대로 했다.

45 Miroslav Marcovich(1919~2001). 옛 유고슬라비아 베오그라드 출신의 세르비아계 미국인 철학자이자 문헌학자로, 특히 고전 학자들의 많은 글들을 편집하여 출판했다.

운 배치는 / 우연히 쌓아둔 쓰레기 더미일 뿐이다.") 그리고 만약 그 당시에 누군가가 코스모스를 그렇게 이해할 수 있었다면, 두번째 밀레니엄이 끝나가는 지금 코스모스를 어떻게 해석할 수 있을지 상상해보기 바랍니다.

분명히 에코는 그런 것을 나보다 더 잘 알고 있습니다. 그리고 나의 이런 성찰을 유발한 그의 글에서, 지성인인 척하면서 쓸모없는 잡담을 비난하지만, 실제로는, 에코의 표현에 의하면, 멋지게 보이기 위해, 특히 자기들의 신문 칼럼에서 이익을 얻으면서 캉캉 춤을 추는 자들에 대한 진지한 혐오를 읽은 것 같습니다. 그렇지만 그의 논의는 위험스러운 면이 있습니다. 그것은, 날카로움과 두 갈래로 갈라진 것들에 대해 묵직한 논문을 썼던 바로크 작가 발타사르 그라시안[46]이 『비평가』에서 말했듯이, "두 갈래로 갈라진" 문제입니다. 간단히 말해 에코는, 육교에서 돌멩이를 던지는 젊은이들에 대해 다루는 지성인은, "구원은 지성인에게서 오는 것이 아니라 경찰 순찰대나 입법자들에게서 오는 것이기 때문에" 쓸모없는 일을 하는 것이라고 말하면서 실질적으로 피타고라스 같은 논의를 하고 있습니다. 즉 조화는 더이상 우주의 천체들과 관련되는 것이 아니라 경찰 순찰대나 입법자들과 관련된다고 말입니다. 물론 경찰 순찰대가 개입하고 범죄자들을 처벌하는 것은 사회적 질서의 차원에서 당연한 것입니다. 하지만 만약 어느 남편이, 애인과 함께 있다가 발각된 아내를 죽인다

46 Baltasar Gracián y Morales(1601~1658). 스페인의 예수회 신부이자 바로크 산문작가로 우의적인 소설 『비평가*El Criticón*』(3권, 1651~1657)는 그의 대표작으로 꼽힌다.

면(또는 물론 반대로 아내가 그런다면), 그것은 질투와 모욕당한 명예(이탈리아의 형법에서 그것은 감형 요소로 고려되는 것 같습니다)라는 이해될 수 있는 정당화를 갖고 있지요. 말하자면 그것은 '일리' 있는 범죄입니다. 하지만 지드가 머나먼 1914년에 이미 라프카디오를 통해 우리를 불안하게 만들었던 아무 근거 없는 범죄[47]에는 (문학은 얼마나 예언적인가!) 의미가 결여되어 있습니다. 나름대로 형식적 논리는 갖고 있지만 실질적 논리는 결여되어 있지요. 만약 판사들의 정당한 선고가 필요한 것이 사실이라면, 그것이 아무것도 설명하지 못한다는 것도 사실입니다. 예를 들어 만약 누군가 죄 없는 자만이 가장 먼저 돌을 던질 수 있다는 그리스도의 말을 기억한다면, 그 누군가는, (시인, 예술가, 아니면 단순히 질문을 제기하고, 따라서 '지성인의 기능'을 수행하는 어느 누군가는) 비타민이 함유된 비스킷을 먹고 자랐으며 지프차를 가진 그런 젊은이들이 무엇 때문에 돌멩이를 던지는 것을 제어할 수 있는 그런 죄의식(또는 잘못에 대한 의식)이 없는 것인지, 질문을 제기하는 것이 바람직하다고 생각합니다. 나는 신자가 아니지만 복음서들을 읽었고 그리스도의 그 말(나는 그 말이 매우 '지성인답다'고 생각합니다)에 대해 많이 생각해 보았는데, 무엇 때문에 그 젊은이들이 지극히 평범하고 일상적인 악의 천사로 변할 정도로 죄의식을 상실했는지 알고 싶습니다. 만약 자기 자신에게 또 자신을 둘러싼 사회에게 그

47 앙드레 지드André Gide(1869~1951)의 소설 『바티칸의 지하실*Les caves du Vatican*』(1914)에 나오는 주인공 라프카디오Lafcadio는 기차 여행중에 뚜렷하게 납득할 만한 이유 없이 살인을 한다.

런 문제에 대해 질문을 던지는 작가로서 (또는 원한다면 '지성인'으로서) 나의 (그리고 다른 사람들의) 질문을 던지는 기능이 경찰의 전화번호를 누르는 기능으로 축소된다면, 그것은 바로 모든 '조사'(물론 경찰 수사관들의 조사와는 다른 기능을 가진 조사입니다) 능력을 없애는 것입니다. 간단히 말해 나는 지성인의 임무가 "혁명을 위해 피리를 부는 것"이 아니라는 에코의 견해에 동의하지만, 그렇다고 113번[48]을 누르는 것이라고 생각하지도 않습니다. 그렇게 생각하지 않나요, 아드리아노 소프리? 일부 고립된 (그리고 커다란 증오의 대상이 되었던) 경우를 제외하면, 이것은 아마 이탈리아 지성인 계층이 한 번도 진지하게 다루지 않았던 진정한 문제입니다. 하지만 그런 것이 프랑스에서는 다른 차원에서 일어났으며 또 지금도 일어나고 있는 것 같습니다. 예를 들어 매우 뛰어난 지성인 모리스 블랑쇼[49]가 그런 문제를 다룬 최근의 작은 책(1996)에서 몇 구절 인용하고 싶습니다. 그 책은 리오타르[50]의 글(『르 몽드*Le Monde*』, 1983년 10월 8일)에서 실마리를 이끌어내 1984년 『르 데바*Le Débat*』에 실었던, 지금은 찾을 수 없는 글을 다시 논의하고 있습니다. 당시 뛰어난 철학자-기호학자-사회학자 리오타르는 특히 매스미디어를 통해 현실에 질문을 던지는 사람의 자유분방함으로 지성인의 죽음을 선언했지요. (몇십 년 전에 소설에서 장례식이 거행

48 이탈리아 소방서 전화번호 중 하나이다.

49 Maurice Blanchot(1907~2003). 프랑스의 작가이자 철학자, 평론가.

50 Jean-François Lyotard(1924~1998). 프랑스 철학자이자 문학이론가로, 이후 이 글은 『지성인의 무덤과 다른 글들*Tombeau de l'intellectuel et autres papiers*』(Paris: Galilée, 1984)로 출판되었다.

되었고, 나중에 다시 살아난 것 같은데, 누군가 악의적인 사람이 이렇게 지적했지요. 장례식 진행자들이 그에 대해 쓸 수 없었기 때문에 파묻어버렸다고 말입니다.)

"최근에 리오타르는 「지성인의 무덤」이라는 제목의 유용한 글을 발표했다. 하지만 언제나 자기 무덤을 찾는 예술가와 작가가 거기에서 휴식을 취할 수 있다는 환상에 빠지는 건 아니다. 무덤이라고? 만약 그들이 무덤을 찾는다고 해도, (헤겔의 의하면, 예전에 십자군들이 공경할 무덤에서 그리스도를 해방시키기 위해 떠난 것처럼, 비록 그 무덤은 비어 있으며 자신들이 승리할 경우 단지 그 텅 빈 신성함만 해방시키리라는 것을 자신들의 믿음 자체에서 잘 알면서도 떠났던 것처럼) 설령 무덤을 찾는다고 해도, 작품들의 끝없는 이어짐 속에서만 휴식이 있으리라는 의식과 함께, 그들은 자기들 노고의 끝이 아니라 시작에 이르게 될 것이다.

이와 관련하여 예술가들과 작가들은 자신들의 필연적인 패배와 절망을 통해 지성인으로 정의되며, 아마 조숙하게 땅속에 묻힌 자들에게 도움과 구원을 가져다주는 것이 아닐까 나는 자문해 본다."(모리스 블랑쇼, 『문제의 지성인들—성찰의 밑거름*Les intellectuels en question. Ébauche d'une réflexion*』, 파리, 1996, 7~8쪽) 실질적으로 블랑쇼가 리오타르에게 상기시키는 것은 지성적 인식 행위는 창조적 행위이기도 하다는 것입니다. 아니, 좀더 정확히 말하자면, 블랑쇼는 예술가와 작가가 자신의 실패와 가난함에도 불구하고(예술적인 것은 패배를 예상하기 때문에 이런 구체적인 명시는 중요하지만, 블랑쇼에게는 결과보다 그 의도에서 더 가치가 있습니다), 얼마나 지성인의 '작업'에 근본적인 도움을 주는지 질문하고 있습니다.(그리고 그 질문은 긍정적인 대답을 요구하기 때문에 은밀하게 수사학적입니다.) 실질적으로 적당한 유보와 함께 블랑쇼는 지성적 행위로서 문학과 예술의 기능에 대한 믿음의 관념을 표현하고 있으며, 반면에 리오타르는 놀랍게도(아마 나름대로 이유가 있겠지만) 작가와 예술가의 가장 훌륭한 창조적 부분을 잘라냄으로써 그들을 지성인으로 고려하지 않는 것처럼 보입니다. 간단히 말해 창조적 충동의 공헌을 포착하지 않았고, 결과적으로 구덩이를 파고 그들을 땅속에 파묻었습니다.["예술가, 작가, 철학자는, 오로지 그림은 무엇인가? 글쓰기는 무엇인가? 생각은 무엇인가? 하는 질문에 대해서만 책임질 뿐이다."(리오타르, 앞에 인용된 글.)] 결론적으로 이렇게 말할 수 있을 것입니다. 비록 '이성에 대한 염세관'으로 통제되고 있지만, 모호한 낭만적 풍미가 있는 블랑쇼는 생명력 넘치는 입장을 표현하고, 반면 실질적으로 백과사전 같은 풍미가 있는 리오타르의 입장은 (비록 표제어들이 자리를 바꾸는 리오타르식의 '유동적'이고 변덕스러운 백과사전이지만) 문화에 대해 기능적이고 분류학적인 견해를 갖고 있으며, 우울한 입장을 표현한다고 말입니다. 지성인을 이해하는 이런 두 가지 상이한 입장에서 무엇을 고찰할 수 있을까요? 다음과 같은 것입니다. 블랑쇼에게 지성인의 기능은 새로움을 창출하는 것이고, 리오타르에게는 지식을 전달하고 확산시키며, 경우에 따라 지식을 운영하고, 있는 그대로 유지시키며, 규범으로 환원시키는 것이지요. 그렇다고 해서 나는 계몽주의 시대의 토대가 되었고, 철학·기술·과학 문화의 본질적인 확산 도구가 되었던 『백과사전』[51]의 중요성을 부정하려는 것이 아닙니다. 하지만 만약 과장된 추론이 아니라면, 『백과사전』 편찬자로서의 디드로와, 소설 『운명론자 자크*Jacques le fataliste*』(또는 아마 1749년 감옥에 가게 만든 철학적 소책자들)의 작가로서의 디드로 사이에서 블랑쇼는 바로 후자에게서 더 많은 새로움을 발견했다고 추론하고 싶습니다.

만약 지나치게 말하는 것이 아니라면, (하지만 명료하게 말해야 할 때 지나친 말이 방해가 된다는 것은 사실이 아닙니다) 리오타르는 자기 글에서 지성인의 모습에 매니저 기능, 말하자면 문화의 관리자 같은 기능을 부여하고 있습니다. 그 이유는 간단합니다. 왜냐하면 플라톤에게 위염 치료법을 개발해내지 않은 책임이 있을 것이라는 의혹이 그에게는 전혀 떠오르지 않았기 때문입니다. 만약 그런 의혹을 가졌다면 시詩를 읽었을 것입니다. 예를 들어 알레샨드르 오닐[52]의 「안녕」이라는 시에서, 삶과 자신의 역사적 상황에 굴복한 시인은 자신을 떠나는 여인에게 이런 시를 헌정합니다. "그대는 이 의자에 머물 수 없었어. / 내가 관료적 일과를 보내는 의자, / 눈으로 올라가고, 손에 닿으며, / 미소에, 잘못 표현한 사랑에, / 어리석음에, 입 없는 절망에, / 차렷 자세의 두려움에, / 몽유병 같은 즐거움에, 삶의 관리자 같은 방식의 / 편집광적인 쉼표에 가닿는 / 가난의 나날들을 보내는 의자에."

51 여기에서 『백과사전*Encyclopédie*』은 18세기 프랑스 계몽주의 철학자들이 저술한 것으로, 디드로Denis Diderot(1713~1784)와 달랑베르Jean d'Alembert(1717~1783)가 집필 책임자였다. 『백과전서百科全書』로 번역하기도 한다.

52 Alexandre O'Neill(1924~1986). 포르투갈의 작가이며 시인으로 독학으로 문학을 공부했다.

하지만 논의가 이탈리아 같은 사회에서 문화의 관리자로서 지성인의 사회학을 향해 너무 우리를 멀리 데려갈 것 같은데, 그것은 내 의도가 아니니, 아드리아노 소프리 씨, 그런 주제는 그냥 놔둡시다.

여기에서 지성인에 대한 정의는 구체적으로 명시하고 포착하기가 어려운 것이긴 하지만, 블랑쇼가 제공하는 지성인의 '초상화'로 실타래를 풀어보려는 시도는 중요하다고 여겨집니다. "지성인이란 무엇인가? 누구인가? 누가 지성인이 될 자격이 있는가? 지성인이라고 말하면 누구를 자격이 없다고 느낄 것인가? 지성인? 시인이나 작가도 지성인이 아니고, 철학자나 역사가도, 화가나 조각가도, 가르치는 현자도 지성인이 아니다. 언제나 지성인인 것도 아니고 완벽하게 지성인이 될 수 있는 것도 아닌, 그 이상도 아닌 것 같다. 그것은 우리 자신의 일부이며, 단지 우리의 임무에서 순간적으로 우리를 데려갈 뿐만 아니라, 벌어지고 있는 일을 판단하거나 평가하기 위하여 세상에서 일이 일어나는 쪽으로 우리를 데려간다. 바꾸어 말하자면, 지성인은 행위에 개입하거나 정치적 권력을 행사하지 않는 만큼 일반적인 행위와 권력에 가까이 있다. 하지만 거기에 무관심한 건 아니다. 정치가에게서 동떨어져 있지 않은 채 물러나 있지만, 거기에 (위태로운 위치 설정인) 자리잡기를 통해 그를 벗어나 있는 이 근접성의 이점을 누리기 위하여, 그런 물러남의 공간과 물러남의 노력을 지키려고 하는 것이다. 마치 보초가 오로지 감시하기 위해, 자신이 깨어 있기 위해 그 자리에 있으며, 자기 자신에 대한 염려보다 다른 사람들을 위한 염려를 보여주는 능동적인 관심으로 헌신하는 것처럼.

그렇다면 지성인은 단순한 시민에 불과한 것인가? 그것만으로 이미 충분하다. 자신의 생각과 필요에 따라 투표하는 것에만 만족하지 않고 투표하고 나서 그 단일한 행위에서 나올 결과에 관심을 기울이며, 필요한 행위에 대해 거리감을 유지하면서 그 행위의 의미에 대해 성찰하고, 경우에 따라 발언하거나 침묵을 행사하는 시민이 그렇다. 그렇다면 지성인은 지성의 전문가가 아니라, 비전문성의 전문가인가? 지성, 그러니까 자기가 아는 것보다 더 많이 안다고 믿도록 만드는 그런 정신의 성향이 지성인을 만드는 게 아니다. 지성인은 자신의 한계를 알고, 정신의 영역에 속한다는 것을 받아들이지만, 쉽게 믿지 않고 의심하며, 필요할 때 동의하지만 열광하지 않는다. 바로 그렇기 때문에 앙드레 브르통[53]이 종종 또 당연하게 제시한 불행한 정의처럼, 지성인은 참여하는 인간이 아니다. 그렇다고 지성인이 결정을 내리지 않는다는 말은 아니다. 반대로 자신에게 중요해 보이는 생각, 위험에 대한 생각과 위험에 반대하는 생각에 따라 결정을 내리는 데 있어 집요하고 고집스러운 사람이다. 왜냐하면 생각의 용기보다 더 강한 용기는 없기 때문이다."(블랑쇼, 인용된 책, 12~14쪽.)

횡설수설하는 내 논의를 계속하기 위해 다시 에코의 글로 돌아갑시다. "집이 불타고 있을 때, 지성인은 모든 사람이 그렇듯이 단지 상식 있는 평범한 사람처럼 행동하려고 노력할 수 있을 뿐이다. 혹시 자기가 특별한 임무를 갖고 있다고 생각하면 착각이며, 그에게 호소하는 사람은 소방서 전화번호

53 Andre Breton(1892~1966). 프랑스의 시인으로 초현실주의의 대표자였다. 세 차례에 걸친 「초현실주의 선언」을 통해 자신의 문학론을 펼쳤다.

를 잊어버린 히스테리 환자이다." 분명 '소방서 항목 참조'는 문제를 즉각 해결할 수 있고 분명히 소방서라는 기관에 대한 편안한 신뢰를 토대로 하는 아주 유용하고 실용적인 제안입니다. 하지만 나름대로 유익할 수도 있는 '의혹'에 대해서는 어떻게 할까요? 예를 들어 만약 소방관들이 파업중이라면? 만약 소방관들이 유사하지만 경쟁적인 다른 어떤 기관, 가령 화재 감시원들이라 부르는 기관과 경쟁관계에 있다면? 그리고 농담으로 공상과학소설 같은 가설이지만, 만약 소방관들이 브래드베리와 트뤼포(그들은 분명 두 지성인입니다)의 『화씨 451』의 소방관들이라면?[54] 어쨌든 소방관들의 호스가 효율적이라고 해도 화재의 원인에 대한 문제가 남습니다. 혹시 누전일까요? 입주민의 부주의? 알 수 없는 원인? 물론 그것은 효율적이고 유능하다고 여겨지는 조사관들의 능력에 달려 있습니다. 하지만 혹시라도 조사 결과에서 화재 발생 지점에 점화장치가 있었을 것이라는 합리적인 의혹이 남는다면, 우리는 어떻게 해야 할까요? 문서 기록으로 남길까요?

에코의 글은 이렇게 결론을 내립니다. "만약 밀라노의 시장이 알바니아 사람 네 명을 받아들이는 것을 거부한다면,[55] 지성인은 무엇을 해야 할까? 시장에게 불멸의 원칙들을 상기시키는 것은 시간 낭비로, 시장이 제 나이에 그런 원칙들을

54 브래드베리Ray Douglas Bradbury(1920~)는 미국의 공상과학 소설가로 특히 1953년에 발표한 소설 『화씨 451*Fahrenheit 451*』로 유명하다. 매카시즘이 지배하고 매스미디어를 통제하는 사회를 비판하는 작품으로, 책이 금지된 사회에서 소방관들은 책을 발견하면 불태우는 임무를 맡고 있다. 1966년 트뤼포François Truffaut(1932~1984)가 영화로 제작했다.

55 1997년 당시 많은 알바니아 사람들이 이탈리아에 밀입국하여 여러 가지 문제가 있었으며, 정치적으로도 많은 논란이 있었다.

받아들이지 않았다면 탄원서를 읽으면서 생각을 바꾸지는 않을 것이기 때문이다. 여기에서 진지한 지성인은 그 시장의 손자가 공부하게 될 교과서를 다시 쓰는 작업을 해야 할 것이다. 그것이 지성인에게 요구할 수 있는 최대한의 (그리고 최고의) 일이다." 신중한 지성인이 밀라노 시장을 재교육하는 것은 쓸모없다는 생각을 우리도 부정하지 않습니다. 혹시 그 시장의 조치가 마음에 들지 않는다면, 더이상 그를 선출하지 않도록 투표자들을 유도하기 위해 자신의 견해를 밝히는 것이 더 적합해 보일 것입니다. 그렇지만 밀라노 시장의 손자를 할아버지보다 위대한 인물로 성장시키도록 하기 위하여 자기 삶의 의미를 땀에 젖은 종이에다 맡기는 지성인이라는, 고상하고 루소 같은 이 생각은 너무 낙관적으로 보입니다. 그 손자들이 그를 커다란 어려움에 처하도록 만들 수도 있다는 것을 고려하지 않더라도 말입니다. 불쌍한 파리니[56] 수사는 그것을 알고 있었지요. 물론 교육에 대한 소명의식이 있고 의욕이 넘치는 지성인이 그런 멋진 작업을 맡을 수 있다는 것을 배제하지 않습니다. 자, 해보세요.

아드리아노 소프리 씨, 나는 오늘, 지금, 지성인으로서(아니 그보다 작가로서, 이는 다르지만 실질적으로는 동일합니다) 나의 오늘과 나의 지금 안에서, 현재 안에서 살고 싶습니다. 나는 나의 시간과, 나의 세계와, 자연(또는 우연 또는 다른 무엇)이 나에게 이 정확한 시간의 순간에 살도록 허용해준 현

56 Giuseppe Parini(1729~1799). 이탈리아 계몽주의 작가이자 시인으로, 공부를 하기 위해 성직자가 되었으나 경제적 어려움으로 인해 공작 가문의 아들을 가르치는 가정교사로 일했다. 그리고 그 경험을 토대로 타락한 젊은 귀족의 일과를 풍자적으로 기술한 작품 『하루*Il Giorno*』(1763~1801)를 썼다.

실과 공시적共時的이고 싶습니다. 이탈리아의 모든 시장들의 손자들이 이성의 나이에 도달할 때를 위해 통시적通時的이어야 한다는 생각에 나는 전혀 끌리지 않습니다. 간단히 말해 만약 어떤 플라톤 같은 사람이나 다른 누군가가 심지어 법률까지 위장병으로 고생할 정도의 위염을 유발했다면, 그리고 만약 혹시 당신도 (내가 보기에는 그것이 정당해 보입니다) 위 날문幽門에 약간의 위산과다를 느낀다면, 지성인 대 지성인으로서 당신에게 뭐라고 해야 할까요? 매일 아침 위장약[57]을 한 숟가락씩 20년 동안 복용하고 증상이 사라지는지 보라고 할까요?

아드리아노 소프리, 우리를 갈라놓는 벽돌로 만들어진 벽들이 있지만, 우리 둘이 함께 살아가는 시간은 똑같습니다. 나는 오늘, 1997년 4월의 어느 날, 여기 있습니다. 나에게 이것은 다른 무엇보다 가장 중요한 것입니다. 왜냐하면 반복될 수 없다는 것을 알기 때문이지요. 그리고 바로 그렇기 때문에 나는 당신에게 이 편지를 쓰고 있습니다. 왜냐하면 누군가가 빗장을 걸었고 당신을 물리적으로 그 뒤에 있게 만들었지만, 나는 당신이 쓴 글을 읽으면서 당신이 당신의 지성을 빗장 아래 가두어두도록 체념하지 않고 당신에게 그 빗장이 다시 열릴 수 있도록 지성인으로서 지성을 사용할 것이라고 확신하고 있습니다. 외부에 있는 나도 빗장으로 나를 나의 '외부' 안에 가두지 않고 싶습니다. 세상은 하나의 감옥일 수 있지요. (작가이며 지성인) 굴리엘모 페트로니[58]의 『세상은 감옥이다』

57 원문에는 Magnesia Bisurata로 되어 있는데, 이탈리아에서 판매되는 위장약의 상표 이름이다.

는 거기에 대한 찬란한 소설적 표현입니다. 하지만 그것은 레지스탕스[59]에 대한 가장 멋진 책 중 하나이기도 합니다. 그 책의 지성적 새로움은 바로 그것입니다. 그것은 당시의 새로움이었고, 또한 오늘날에도 새로움이 될 수 있습니다. 물론 움직임의 공간은 협소하고, 방은 약간 어둡겠지요. 빛을 밝히기도 쉽지 않고, 게다가 몬탈레가 말했듯이, 성냥 한 개비의 희미한 불빛에 만족해야 합니다. 하지만 그것만으로도 중요합니다. 중요한 것은 그 불빛을 켜려고 시도하는 것입니다. 미네르바 성냥개비 하나라도 말입니다.

안녕히 계십시오.

안토니오 타부키

58 Guglielmo Petroni(1911~1993). 이탈리아 작가로, 집이 가난하여 독학했다. 이차대전 중에 레지스탕스에 가담했다가 체포되었으며, 당시의 경험을 토대로 대표작 『세상은 감옥이다*Il mondo è una prigione*』를 썼다.

59 1943년 7월 무솔리니가 권좌에서 물러나고 연합군과 정전협정을 맺자 그해 9월 독일군이 파시스트 잔당과 합류하여 이탈리아를 점령했고, 이에 대항하여 무장 투쟁, 즉 레지스탕스 활동이 벌어졌다.

# 제2장

# 리스본에서의 대화

60 Bettino Craxi(1934~2000). 1983년 8월 4일부터 1987년 4월 17일까지 사회당 당수로서 이탈리아 내각의 총리가 되었다. 하지만 부패와 수뢰 혐의로 수사가 진행되던 1994년 튀니지로 망명해 그곳에서 사망했다.

61 Karl Kraus(1874~1936). 오스트리아의 작가이자 저널리스트이며 뛰어난 풍자작가였다.

# 베르나르 코망이 안토니오 타부키와 논의를 계속하려고 시도하는 곳

리스본, 1997년 8월

베르나르 코망: 요즈음 이탈리아에서는 사회에서 작가와 지성인의 역할에 관한 논쟁이 벌어지고 있지요?

안토니오 타부키: 낙관적인 질문이라는 느낌이 드는군요. 이차대전 후에 비토리니가 톨리아티 같은 스탈린주의자 앞에서 펼쳤던 역할, 또는 파솔리니나 샤샤가 '관공서의 권력'이라 불렀던 것, 바꾸어 말하자면 국가적 차원의 부정부패 앞에서 펼쳤던 역할은 장엄한 80년대 시절에 크락시[60]식 사회주의의 압착 롤러 아래에 파묻혀버렸습니다. 그렇게 부과된 삶의 모델은 오늘날까지 지속되고, 그 시대 또는 그런 사고를 이어가는 사람들에 의해 유지되고 있습니다. 지성인들과 작가들로 형성된 '박테리아'는 지금 겨울잠을 자는 중입니다.

이탈리아는 재치 있는 말이 널리 지배하는 나라입니다. 하지만 볼테르식 '재담mot d'esprit'이나 카를 크라우스[61]의 과격한 재담과도 다르고, 무의식을 드러내는 프로이트의 '재담Witz'과도 다릅니다. 그와는 전혀 다르지요. 그것은 수사학에 토대를 두고, 재치와 익살맞음으로 이루어진 것이며, 그 표현방식에 관심을 돌리게 함으로써 내용의 문제를 헛되게 만드는 기능이 있으며, 공허하게 맴도는 눈부신 지성을 보여줍니다. 그것은 언어적 줄타기 곡예이며, 프랑스에 속하는 것으로 보면 『겉멋 부리는 우스꽝스러운 여인들』 또는 『스카팽의 간계』[62]처럼 루이 14세 궁정의 '만담漫談causerie'을 상기시키거나, 이탈리아의 경우 아를레키노[63]의 가면을 상기시키는데, 아를레키노는 코메디아 델라르테와 이탈리아 문화의 전형적 인물이자 '두 주인을 섬기는 하인'이라는 사실을 잊지 말아야 할 것입니다. 물론 그런 재치 있는 말에는 상당한 문체적 수준이 있습니다. 세련된 속물주의로 변장한 통속성에서, 일탈적인[64] 우스갯소리를 거쳐, 기하학적인 지성의 냉철한 훈련에 이르기까지 다양하지요. 어쨌든 이 모든 것에 영감을 주는 것은 똑같은 것, 즉 냉소주의입니다. 최근 이탈리아의 위대한 문학사가인 알베르토 아소르 로사[65]는 이탈리아 문학사의 위대한 고전 작가 중 하나로 여겨지는 마키아벨리가 이탈리아 민족정신의 특징적인 사고방식을 형성하는 데

62 『겉멋 부리는 우스꽝스러운 여인들*Les Précieuses ridicules*』과 『스카팽의 간계*Les Fourberies de Scapin*』는 모두 몰리에르Molière(1622~1673)의 희극 작품이다.

63 아를레키노Arlecchino는 16~18세기 이탈리아에서 유행한 전통적인 희극 양식인 즉흥 가면극 '코메디아 델라르테Commedia dell'arte'에 등장하는 전형적인 인물 중 하나로, 주로 재치 있고 교활하면서도 소박한 하인이나 광대 역할을 한다. 특히 카를로 골도니Carlo Goldoni(1707~1793)의 희극 『두 주인을 섬기는 하인*Il servitore di due padroni*』을 통해 널리 유명해졌다.

64 원문에는 goliardico로 되어 있는데 goliardo에서 파생된 용어이다. goliardo는 이탈리아에서 중세 때부터 전통적으로 특히 대학사회에서 공부와 함께 일탈의 취향이나 아이러니, 모험 등을 추구하던 젊은이들을 가리킨다. '편력서생遍歷書生'으로 번역되기도 한다.

65 Alberto Asor Rosa(1933~). 이탈리아의 작가이며 정치가이자 좌파 성향의 문학이론가로, 이탈리아와 유럽의 문학사에 관한 여러 저술이 있다.

에서 수행했을 수도 있는 역할에 대해 성찰하면서 그의 모습을 재평가했습니다.

교활한 점을 빼면 모든 면에서 평범한 이 아첨꾼 작가는 하나의 준거가 될 만큼 언제나 엄청난 호의를 누렸습니다. 나는 아소르 로사보다 더 나아가 그가 오랜 세기를 거쳐온 특정한 이탈리아 정신의 대표자라기보다, 그런 정신의 패러다임, 유전적 코드 같은 것이라고 생각하고 싶습니다. 그러므로 내가 말하는 냉소주의는 인류학적 관점에서 보면, 이탈리아 민중에게 하나의 생존 방식이 아닐까 묻고 싶습니다. 간단히 말해 오랜 세월이 흐르는 동안 아주 다양한 주인들, 롬바르드족들에서 단조 가문 사람들에 이르기까지, 보르보네 가문에서 오스트리아-헝가리 사람들, 나폴레옹에 이르기까지, 사보이아 가문에서 파시즘과 기독교민주당에 이르기까지[66] 다양한 주인들에게 적응해야 했던 민중이 보여준 일종의 '정신현상학'입니다.

베르나르 코망: 당신이 말하는 그런 재치 있는 말의 가벼운 예를 몇 가지 들어주면 좋을 것 같습니다.

66 이탈리아 역사에서 대표적인 지배자들을 열거하고 있다. 롬바르드족(이탈리아어로는 롱고바르디Longobardi)은 서로마제국 몰락 후 568년 이탈리아 북부를 점령한 동게르만족의 일파였으며, 단조d'Angiò(프랑스어 이름은 앙주Anjou) 가문은 13세기 후반부터 이탈리아 남부 지방을 지배했다. 보르보네Borbone(프랑스어 이름은 부르봉Bourbon) 가문은 18세기 후반부터 이탈리아 남부 지방을 지배했고, 18세기부터 밀라노를 중심으로 하는 이탈리아 북부는 오스트리아의 지배를 받다가 나폴레옹의 손에 넘어갔으며, 나폴레옹 몰락 후 다시 오스트리아의 지배를 받았다. 그러다가 1861년 사보이아Savoia 왕가에 의한 통일과 함께 이탈리아 왕국이 수립되었고, 이차대전 후 공화정 이탈리아에서 주도적인 정당은 기독교민주당Democrazia Cristiana이었다.

안토니오 타부키: 문학적 모임 같은 곳에서 가령 어느 대규모 일간신문의 모 기자를 인용할 수 있을 것입니다. 아마 진보적인 성향의 그는 제트족族이나 검은 귀족[67] 모두와 어울리고, 언제나 똑같이 쾌활한 어조로 '불법 이민자들sans papiers'이나 알바니아인들에 대해, 소아성애자들이나 소말리아의 고문에 대해 이야기하고, 그러다가 저급 문화,[68] 펑크, 구치, 이탈리아의 패션 디자이너들, 또는 심지어 마리아 칼라스의 성대聲帶 또는 (대머리 여가수일지라도) 최근 유행하는 여가수의 성대에 대해 이야기하기도 합니다. 불행히도 그런 기자는 우리 이탈리아인들에게 자기가 대단히 '섬세한 정신esprit de finesse'의 소유자라고 확신하지요.

또다른 예는 이탈리아 공화국 제도에서 높은 직책인 하원의장[69]인데, 그는 지난 4월 25일 파시즘 이후 이탈리아가 해방된 날[70]이 모든 이탈리아인들, 그러니까 이탈리아를 해방시킨 이탈리아인들과 이탈리아가 그들 손에서 해방된 이탈리아인[71]들의 축제가 되어야 한다고 선언했지요. 그것은 루

67 nobiltà nera 또는 aristocrazia nera. 1861년 탄생한 이탈리아 왕국이 1870년 아직 교황령으로 남아 있던 로마를 점령한 이후 교황청을 편들었던 로마의 귀족 가문들을 가리킨다. 그들은 이탈리아 정부와의 대화를 거부하고 교황으로부터 귀족의 작위를 받기도 했다. 1929년 라테라노(영어로는 라테란) 조약에 의해 그들은 이탈리아 시민권과 바티칸 시국의 시민권을 동시에 받았으며, 아직까지도 이탈리아에 영향력을 행사하고 있다.

68 원문에는 trash로 되어 있는데, '쓰레기'를 뜻하는 이 영어는 이탈리아에서 약간 저급한 예술이나 여흥을 가리키지만, 언제나 부정적인 의미로 사용되는 것은 아니다.

69 1997년 당시 이탈리아의 하원 의장은 교수이자 좌파민주당 출신의 정치가 루치아노 비올란테Luciano Violante(1941~)였다.

70 1945년 4월 25일은 레지스탕스(또는 빨치산) 대원들이 밀라노와 토리노를 해방시킨 날이기도 하다.

이스 캐럴[72]을 생각나게 하는 재치입니다. 유명한 이탈리아식 '참회'[73]가 유머러스하게 프로이트적으로 표현된 것이 아니라면 말입니다. 하지만 나는 지난 몇 년 동안 가장 큰 성공을 거둔 재치 중 하나에 주목하고 싶습니다. 아마도 순진한 어느 젊은 좌파 여성, 시위행진에서 암호를 좋아했던 그 여인은 우리 모두가 알고 있을 정도로 타락한 기독교민주당 정권에 반대하는 슬로건을 만들어냈지요. 그 슬로건은 "권력은 퇴락한다"였어요. 어느 날 이차대전 후부터 권력을 장악한 기독교민주당의 어느 녹슬지 않는 장관[74]이 그 문장을 인용한 어느 신문기자의 질문에 이렇게 답했습니다. "권력은 권력이 없는 자를 퇴락시킨다." 이런 효과적인 재치 있는 말 덕택에, 말하자면 냉소적인 차가움 덕택에, 그 장관은 자신의 냉소주의를 솔직하게 선언하면서 동시에 상대방의 슬로건을 무너뜨렸습니다. 그 말은 이탈리아에서 엄청난 반향을 불러일으켰고, 우파에서나 좌파에서 모두 존경심 어린 마음으로 인용했는데, 그것은 우리 이탈리아에서 교활한 자들

71 이차대전이 끝날 때까지 독일군에 협조한 파시스트 잔당들을 암시한다.

72 Lewis Carroll(1832~1898). 영국의 수학자이며 동화작가로, 유머와 재치가 넘치는 환상적인 동화 『이상한 나라의 앨리스』를 남겼다.

73 이탈리아어로 pentimento인데, '참회하다, 후회하다, 견해를 바꾸다'를 의미하는 동사 pentirsi에서 나온 말이다. 그런데 이 용어는 마피아 등의 범죄조직에 가담했다가 나중에 체포되거나 자수하여 사법 당국에 적극적으로 협조하고 정보를 제공하는 것을 가리키는 데에도 사용되며, 따라서 과거분사 pentito는 '자수자', '협조자'를 뜻하기도 한다. 여기에서는 소프리 재판이 자수자의 자백으로 시작됨을 암시한다.

74 뒤에서 구체적으로 언급되듯이 줄리오 안드레오티Giulio Andreotti(1919~)를 가리킨다. 그는 현대 이탈리아 정치계의 거물로, 세 차례나 총리를 역임하고 여러 차례 다양한 부처의 장관으로 활동했다. 1997년 당시 마피아와 연루되었다는 혐의로 조사를 받고 있었다.

이 전적으로 사용하는 존경심이라고 말하고 싶습니다. 그 옛날 장관 안드레오티가 지금 마피아와의 연루설로 재판을 받고 있는데, 어떻게 재치 있는 말로 빠져나올지 모르겠습니다. 아마 어조를 바꾸어야 할 것입니다. 하지만 그것은 그의 문제입니다.

베르나르 코망: 「미네르바 성냥개비 하나」로 돌아오자면, 당신이 직접 연루시킨 사람들은 어떻게 반응했습니까? 예를 들어 움베르토 에코 말입니다.

안토니오 타부키: 그는 처음에는 초연하고 무관심한 태도, 거의 의연한 태도를 취했습니다. 그것은 경탄할 만한 태도로 사라진 '63년 그룹'의 일부 동료들의 반응과는 아주 동떨어진 과학적 정신의 일부이기 때문인데, 그중 일부는 이미 상당한 나이에도 불구하고 때로는 통탄할 만한 언어적 반응에 휩쓸리곤 하지요. 그런 다음 움베르토 에코는 난해한 수수께끼처럼 해석하기 어려운 글을 썼는데, 이탈리아의 위대한 낭만적 시인 레오파르디를 아이러니한 어조로 회상하는 글입니다. 간략하게 요약하자면, 후대 사람들은 레오파르디가 자기 고향 레카나티[75]의 아가씨들을 싫어했는지 아는 데에는 별로 관심이 없고, 오늘날 우리에게 유일하게 중요한 등장인물은 그의 시에 남아 있는 유일한 아가씨 실비아라고 말했습니다. 그것이 소프리나 나와 관련된 것인지 확실하지 않습니

75 Recanati. 이탈리아 중동부 마르케 지방에 있는 조그마한 소읍으로, 레오파르디의 고향이다. 뒤이어 말하는 실비아는 그의 대표적인 서정시 「실비아에게A Silvia」에 나오는 등장인물인데, 꽃다운 나이에 죽은 실비아에 대한 애정 어린 회상과 함께 그녀의 이미지를 통해 젊음의 신화를 찬양하면서 동시에 삶과 사랑의 덧없음을 노래했다.

다. 어쨌든 소프리는 움베르토 에코에게 얼음 같은(나는 차가운 감옥 같다고 말하고 싶습니다) 아이러니와 함께 대답했는데, 실제로 레오파르디는 레카나티의 아가씨들을 싫어했지만 그 대신 페사로[76]의 아가씨들을 무척 좋아했다고 지적했지요. 그것은 플로베르가 크루아세의 아가씨들을 싫어했지만 루앙의 아가씨들을 무척 좋아했다고 말하는 것과 같습니다.[77] 그런 다음 움베르토 에코는 『미크로메가』에 글을 발표했는데, 거기에서 소프리 사건을 드레퓌스 사건과 비교하면서 소송의 재심을 요구했습니다. 이는 바로 나도 원하는 바지요. 그리고 나는 움베르토 에코가 자신의 학문적 수단들, 말하자면 자신의 기호학 덕택에 거기에 기여할 수 있을 것이라고 생각합니다. 분명히 기호학은, 역사학자 카를로 긴즈부르그[78]가 집요한 조사 연구서 『판사와 역사가』에서 자신의 도구들, 즉 단서들을 도구로 활용하여 그 소송에 대해 판단을 내린 것처럼, 새로운 요소를 발견하는 데 매우 유익할 것입니다. 또한 위대한 기호학자들이 기호학과 관련하여 유포되기 시작한 부정적인 이미지를 깨뜨려주는 것도 바람직할 것입니다. 그런 이미지에 의하면, 기호학은 마치 창백한 얼굴로 작은 요새 안에 살면서 초원에서 양키 기병대를 위해 자

76 Pessaro. 레카나티보다 북쪽에 있는 이탈리아 동부 해안의 도시이지만, 실질적으로 같은 고장이라고 말할 수 있다.

77 플로베르Gustave Flaubert(1821~1880)는 크루아세에서 태어났는데, 그곳은 루앙Rouen에 속한다.

78 Carlo Ginzburg(1936~). 이탈리아의 역사가이자 평론가로, 근대 초기의 민중 신앙과 미신들에 대한 연구로 유명하다. 『판사와 역사가*Il giudice e lo storico*』(1991)는 소프리 사건에 대한 치밀한 자료조사를 토대로 한 저술로 이탈리아 지성계에 많은 영향을 주었다. 이탈리아에서는 대개 '진츠부르그'로 불리나, 여기서는 관례에 따라 '긴즈부르그'로 표기했다.

기 부족이 남긴 발자국을 추적하는 인디언 안내자와 약간 비슷한 것 같습니다.

하지만 이 논쟁에 가장 멋지게 공헌한 것은 바로 소프리 자신이었습니다. 『파노라마』에 실린 첫번째 글의 제목은 「이봐, 소프리, 여기에는 모라비아[79]가 없어Caro Sofri, qui non c'è Moravia」인데, 그것은 바로 소프리가 법정에서 겪은 많은 소송 중 하나에서 들었던 악의적이고 위협적인 문장입니다. 거기에서 소프리는 자신에게 우호적인 모라비아의 글을 회상하면서, 문학의 인식 형식은 어떻게 실용적 추론과는 다른 인식 형식이며, 따라서 얼마나 혼란스럽게 만들 수 있는가 상기시켰습니다. 또한 이와 관련하여 그 소송들 중 다른 하나에서, 나의 『검은 천사』에 실린 단편소설 중 하나인 「뉴욕에서 나비 한 마리의 날갯짓이 베이징에 태풍을 일으킬 수 있을까?」와 레오나르도 샤샤의 『단순한 이야기』가 고유의 은유적 힘으로, 판결문을 집필한 판사를 얼마나 혼란스럽게 만들었는지, 판결문에서 우리는 화형대에 보내야 할 마녀들로 지적되었다는 사실을 상기시켰습니다.

하지만 지성인은 밀라노 시장의 손자를 교육하거나, 집이 불탈 때 소방관을 부르는 것에 만족해야 한다는 움베르토 에코의 주장에 대한 반박은, 특히 이탈리아 감옥의 상황에 대해 소프리가 발표한 일련의 선언들과 글들에 제시되어 있습니다. 그것은 자유로운 인간으로서 예전부터 그의 관심을 끌었

79 Alberto Moravia(1907~1990). 현대 이탈리아의 대표적인 소설가로 주로 현대인들의 심리적 퇴락과 병리적 현상을 작품화했으며, 그도 타부키와 마찬가지로 소프리의 무죄를 주장했다. 그의 사후에 '모라비아 문학상'이 제정되었는데, 1993년 수상작은 아드리아노 소프리의 『타자들의 감옥*Le prigioni degli altri*』이었다.

던 상황입니다. 법학자 안토니오 카세세[80]가 위원장이던 '비인간적이거나 모욕적인 처우 또는 형벌과 고문 방지를 위한 유럽위원회'에서 감수한 이탈리아의 감옥에 대한 보고서가 셀레리오Sellerio 출판사에서 그가 편집하는 시리즈로 출판된 것을 보면 그렇습니다.

혹시 모르는 사람을 위해 말하자면, 이탈리아 수형자들의 상황은 유럽에서 가장 염려스러운 것 중 하나입니다. 불행히도 그런 사람을 위해 소프리는 직접 그것을 증명하고 검증했습니다. 결국 그 순간까지 귀를 막고 있던 이탈리아 사법부는 소프리의 집요하고 수많은 고발에 따라 감옥 상황에 대한 조사와 개혁을 약속했지요. 그것은 바로 그가, 집이 불탈 때 소방관을 부르듯이 감방을 청소해달라고 간수를 부르는 것에 만족했는지의 여부를 분명하게 증명해줍니다. 그러면 감방은 아마 깨끗해지겠지만, 문제는 전혀 바뀌지 않습니다.

베르나르 코망: 당신의 글이 직접 연루시킨 사람들 이외에 다른 반응이 있었습니까?

안토니오 타부키: 거의 없었습니다. 과거 공산주의자들의 신문인 『루니타』[81]에 짧은 기사 하나가 실렸는데, 문화면 책임자 그라바뉴올로Gravagnuolo 박사가 쓴 것으로, 그는 입에 호루라기를 물고 움베르토 에코와 나 사이의 '시합match'이라고 정

80 Antonio Cassese(1937~2011). 판사를 역임한 이탈리아의 법학자이며 작가로, 뒤에 나오는 단체는 유럽의회의 산하단체로 설립되었다.

81 『루니타*L'Unità*』는 '통일'이라는 뜻으로 1924년 이탈리아 공산당PCI의 공식 기관지로 창간된 일간신문으로, 2000년 7월부터 2001년 3월까지 운영난으로 폐간되었다가 다시 간행되고 있다.

의한 것이 끝났다고 선포했는데, 지성인에 대한 이런 논쟁은 "별로 최신 유행이 아니기" 때문이라고 했습니다. 참고로 이 신문의 문화면은 보리스 비앙[82]이 "나날의 거품"이라 불렀던 것을 아마 나름대로 해석했기 때문인지, 창립자인 철학자 안토니오 그람시[83](그는 지성인의 기능에 대해 많은 성찰을 했지요)의 사상에 대한 낡은 논쟁을 한쪽으로 밀쳐두고, J. F. 케네디의 주장에 관심을 기울이고 있다는 것을 말해야겠군요. 그런데 거꾸로 그람시의 사상은 지금 미국의 일부 대학들에서 많이 연구되고 있다는 기사를 읽었습니다. 그것은 민중들 사이의 문화 교류라고 일컬어지는 것이겠지요.

이외에 다른 신문에서 엄격하게 전화로 여론조사를 실시했는데, 일부 작가 및/또는 지성인에게 자신이 '참여적'이라고 생각하는지 질문했습니다. 그것은 내가 전혀 써본 적이 없는 절대적으로 부적절한 용어로, 이탈리아에서는 공산주의 사상을 연상시키기 때문에 즉각적인 거부감을 유발합니다. 지금은 이탈리아의 어떤 작가 및/또는 지성인도 공산주의자가 되려고 하지 않는데, 거의 대부분이 과거에 공산주의자였기 때문이기도 하지요. 이탈리아는 가톨릭이 아주 강한 나라임을 이해해야 합니다. 그리고 죄의식은 가톨릭의 핵심 기둥 중 하나이며, '참회'도 마찬가지입니다.

마지막으로, 툴리오 페리콜리[84]의 상당히 재치 있는 만화가 있었는데, 프루테로와 루첸티니[85]처럼 재치 있는 작가들과 마찬가지로 우리가 이야기한 이탈리아 정신을 잘 포착하고 있으며, 이 기괴한 논쟁에 대해 다음과 같이 결론짓고 있습니다. 이와 더불어 위뷔 왕[86]이 문 밖에 있습니다.

1997년 6월 7일자 페리콜리와 피렐라의
「토요일 저녁에는 모두 풀비아네 집에」[87]

82 Boris Vian(1920~1959). 프랑스 작가이자 시인, 음악가, 비평가였다.

83 Antonio Gramsci(1891~1937). 마르크스주의 철학자이며 정치가이자 저널리스트로, 1921년 이탈리아 공산당을 창당하고 『루니타』를 창간했다. 그는 파시즘 치하에서 10여 년이 넘게 투옥되어 있으면서 많은 글을 남겼는데, 그중 지성인 담론과 관련하여 『지성인과 문화조직』이라는 단행본이 나왔다.

84 Tullio Pericoli(1936~). 이탈리아 화가이며 만평가로, 여러 신문과 잡지에 만평을 실었다.

85 이탈리아 작가이자 번역가였던 카를로 프루테로Carlo Fruttero(1926~2012)와 프랑코 루첸티니Franco Lucentini(1920~2002)를 가리킨다. 두 사람은 언제나 함께 일했고, 특히 추리소설과 공상과학소설을 공동으로 집필하거나 번역하여 출판했다.

86 프랑스 극작가 알프레드 자리Alfred Jarry(1873~1907)의 『위뷔 왕*Ubu Roi*』을 비롯한 일련의 작품에 나오는 등장인물로, 부조리극의 시발점으로 간주되는 이 작품들은 비속하고 음란한 표현으로 당시 부르주아의 속물근성을 비판했다.

87 툴리오 페리콜리와 에마누엘레 피렐라Emanuele Pirella(1940~2010)가 공동으로 작업한 풍자만화 시리즈의 제목이다. 1976년 일간신문 『일 코리에레 델라 세라』에 실리기 시작해 몇 년 동안 중단되었다가 일간신문 『라 레푸블리카』에 주간 칼럼으로 2009년까지 연재되었다. 이 시리즈의 일부 작품들은 단행본으로 출판되었다.

# 제3장
# 성냥개비가 다 탈 때까지

# 바람이 불 때 켜는 성냥과 모호함에 대해 논의하는 곳

초월성은 감소하고 있다, 당연히
내재성은 마른 밤 한 톨의 가치도 없다
중도中道는 돈이다
다른 곳에서 찾는 것이 더 낫다
에우제니오 몬탈레

우리가 이 대화를 나눴던 리스본에서 파리로 돌아가 자기 메모를 다시 읽어본 베르나르 코망에게, 우리의 논의는 상당히 불완전해 보였으며, 만화 만평에 그치는 것은 만족스럽지 않아 보였습니다. 베르나르는 전화로 나에게 자기 느낌을 전했고, 나는 몇 마디 더 덧붙이는 것이 부적절하지 않다고 생각해서 일종의 편지 속의 편지를 그에게 보냈는데, 이것은 코망이 기획하고 있던 프랑스어 책자에 대한 잠정적 결론을 코망을 통해 소프리에게 보내는 것이 되었습니다.

1997년 8월

베르나르 씨,
당신의 반박에 동의합니다. 나는 이탈리아에서 지성인의 상황에 대한 내 성찰을 계속하기 위해, 내가 처음 아드리아노 소프리에게 편지를 쓰면서 이 논쟁을 시작했던 것처럼, 그에게 보내는 새로운 편지를 (비록 잠정적이지만) 가능한 결론으로 활용할 수 있다고 생각했습니다. 그러니까 내가 전에 이탈리아 언론에 표했던 것을 프랑스에서 다시 반복할 수 있는 기회를 제공해준 데 대해 감사를 드립니다. 말하자면 어떤 객관적인 증거도 없이, 오로지 소위 어느 '자수자'의 선언(그것이 얼마나 불분명하고 모순적인지 우리는 잘 알고 있습니다)을 토대로 세 사람을 20년형[88]에 선고함으로써, 이탈리아는 걱정스럽게도 자신이 속한 유럽 공동체의 어느 나라에서도 찾아볼 수 없는 법 규범을 적용했음을 증명했습니다. 게다가 당신 나라의 언론은 종종 우리에게 보여주는 호의와 함께 '관광 안내'처럼 이탈리아를 터키에 도달하는 데 가장 좋은 나라로 지적했는데, 이는 이탈리아가 외국에서 얻은 귀중한 이미지에 대해 에둘러 말해주고 있는 겁니다.

애정 어린 인사를 보냅니다.

안토니오

아드리아노 소프리 씨,

당신은 정기적으로 기고하는 주간지[89]의 최근 칼럼 중 하나를 피오렌티노 콘티Fiorentino Conti라는 사람의 이야기에 할애했더군요. 그러니까 당신이 1970년대 초에 정치적 투사로 시위 때문에 체포되어 감옥에 있을 때 알았던 어느 관습법慣習法

88 정확히 말하자면 22년형으로, 1990년에 형 집행이 시작되어 2012년 1월 16일 집행 종료가 선고되었다.

89 나중에 구체적으로 명시하듯이 『파노라마*Panorama*』를 가리킨다. 『파노라마』는 1962년 밀라노에서 창간된 정치·시사 주간지로, 판매 부수가 사십만 부가 넘는 이탈리아 최대 주간지 중 하나이다.

죄수 말입니다. 당신 말대로 그 관습법 죄수는 당신과 당신 동료들 덕택에 일종의 정치적 의식을 갖게 되었고, 풀려난 뒤에 테러까지 저지르는 여러 가지 우여곡절 끝에 자유인이 되어 피렌체의 어느 시장에서 최근에 심장마비로 사망했지요. 반대로 당신은 언제나 테러리즘과는 상당히 동떨어져 있었는데, 지금 이 순간 감옥에 있습니다. 당신은 이 이야기를 "운명의 장난"으로 정의했는데, 당신이 청소년이었을 때 그것은 러시아 소설들에서나 가능한 것으로 생각했다고 덧붙였습니다.

나의 개인적 취향으로는 스페인의 일부 바로크 소설을 선호하는데, 당신의 이야기는 세르반테스가 『예시적 소설들』[90]이라고 부른 소설들에서 잘 형상화되었다고 말하고 싶습니다. 당신과 관련해서 보자면, 소설이 아니라 실제로 일어난 이야기이지만요. 그것이 나를 혼란스럽게 만들었다는 것을 부정할 수 없습니다. 관념의 연상작용으로 오래전에 출판된 내 책 『중요하지 않은 사소한 오해들*Piccoli equivoci senza importanza*』(1985)이 머릿속에 떠오르는군요. 그 책을 출판할 때, 당시 펠트리넬리 출판사[91]의 편집장이던, 고인이 된 내 친구 프랑코 오케토Franco Occhetto와 합의하여 크레모니니[92]의 그림을 표지에 활용하기로 결정했는데, 황량한 해변의 접이의자 두 개를 뒤에서 묘사한 그림이었어요. 의자 하나에는 (아마

90 스페인어 제목은 *Novelas Ejemplares*로, 일부에서는 『모범 소설집』(1613)으로 옮기기도 한다.

91 공식적인 명칭은 Giangiacomo Feltrinelli Editore로 1954년 밀라노에서 설립되었고, 현재 이탈리아에서 영향력 있는 출판사 중 하나이다.

92 Leonardo Cremonini(1925~2010). 이탈리아 화가이자 디자이너이다.

도) 뒤통수가 보이고, 한편 다른 의자에는 셔츠가 걸쳐 있었지요. 우리가 보기에 그 그림은 내가 소설들에서 혼란스럽게 이야기하려고 노력했던 것, 말하자면 이루어지지 않은 만남, 단지 신호나 섬광을 통해서만 해독될 수 있는 운명, 부재와 외로움, 삶이 우리에게 짜놓은 모든 이중적인 유희를 완벽하게 표현해놓고 있는 것 같았습니다.

우연히도 당신이 글을 발표한 주간지는 아마 고유의 특징적인 우아함으로 나 개인에게 할애한 이전의 '서비스'가 충분하지 않다고 생각했던지, 익명의 짧은 기사를 통해 이중적인 것, 부재, 모호함에 대한 아마 약간 불분명한 나의 시학을 크리스털처럼 아주 명백한 중상모략의 시학으로 고양시키려고 했는데, 나로 인해 마련된 불가피한 논쟁(그 주간지가 연루된 수많은 논쟁과 상호연결된)이 이른바 '뜨거운 국물bouillon' 때문에 녹아내린 지방脂肪 덩어리라는 생각으로 그랬을 것이라고 추정할 수 있습니다. 모두가 알고 있듯이 그 주간지 『파노라마』는 실비오 베를루스코니[93]가 소유하고 있는데, 그는 무선 안테나이든 인쇄된 출판물이든 매스미디어에 무지하지 않은 인물이며(지금은 심지어 그람시의 출판사가 되기도 했지요), 아마 당신도 확인했겠지만, (그 주간지는) 1970년대 부분충격요법을 상기시키는 방식의 캠페인을 전개하는데 익숙하지요. 하지만 권하는 제복을 입지 않은 사람의 '다리에 부상을 입히는 것'[94]은 분명히 별로 우아하지 않다고 생

93 Silvio Berlusconi(1936~). 이탈리아 사업가이며 정치가로, 네 차례나 총리를 역임했다. 특히 그는 매스미디어의 거물로 여러 개의 텔레비전 방송국과 출판사를 소유하고 있다.

각했던지, 쓰레기 탄환들을 쏘고 있습니다.("100명을 더럽히기 위해 그중 한 명을 더럽히기"가 그렇게 실현된 슬로건일 것입니다.) 그것은, 서로 다른 이데올로기를 넘어서서 (더구나 널리 알려져 있듯이 이데올로기는 무너졌기 때문에 더 이상 아무도 관심을 기울이지 않습니다) 확신의 역동적 치료법에 대한 이탈리아의 오래된 믿음을 증명합니다. 모든 시대에는 문명의 흐름을 명백히 보여주는 고유의 상징과 고유의 스타일이 있습니다. 한때는 피마자기름, 그 다음에는 오각형 별[95] 등이 그렇지요. 오늘날의 쓰레기 시대에는 쓰레기통poubelle이 요구됩니다. 움베르토 에코가 정말로 대단한 평론(『다섯 개의 도덕론』[96]에 실린 「영원한 파시즘」)에서 증명했듯이, 상표들은 바뀌지만 본질은 남아 있습니다. 아니면 드루몽드 데 안드라지[97]의 시구들로 이렇게 말할 수 있지요. "모든 것에서 조금만 남는다./때로는 단추 하나. 때로는 생쥐 한 마리."

당신이 이 주간지에 정기적으로 글을 싣는 것은 현재의 편집장이 당신에게 베푸는 호의 덕분인데, 그는 소위 혁명적 좌파에 호감이 있던 시절부터 당신의 오랜 친구이지요. 그가 당신과는 다른 노선을 선택했다는 것은 분명합니다. 운명은 바

94 원문에는 gambizzare로 되어 있는데, '다리'를 뜻하는 gamba를 이용하여 만들어 낸 용어이다. 1970~80년대 이탈리아에서 유행한 테러 방식 중 하나로, 희생자의 다리를 총으로 쏘아 부상을 입히는 것이다. 그것은 희생자를 죽이지 않으면서 처벌하고 위협하기 위한 테러이다.

95 무솔리니의 파시즘 시절에 피마자기름은 반파시스트를 고문하는 도구로 사용되었다. 억지로 피마자기름을 먹게 만들어 설사와 복통을 유발하고 심지어 사망하게 만들기도 했다. 오각형 별은 현재 이탈리아 공화국의 상징으로 사용된다.

96 *Cinque sciritti morali* (1997). 움베르토 에코의 이 책은 『신문이 살아남는 방법』이라는 제목으로 우리말로 번역되었다(김운찬 옮김, 열린책들, 2009).

97 Carlos Drummond de Andrade(1902~1987). 브라질의 시인이자 작가이다.

꿔지만 우정은 남지요. 지금 이 순간 당신은 감옥에 있고, 당신의 표현을 쓰자면 "국가의 압류물"이지요. 반면에 그는 자유롭게 주간지를 운영하고 있습니다. 그리고 그 모든 것은 당신이 바로 이 주간지에 쓴 "운명의 장난" 이야기를 생각나게 합니다. 만약 이 모든 것이 모호함에 속한다면, 그것은 실존적 차원에서 멀어져 존재론적 차원을 띠는 것 같습니다. 나는 거의 조롱하듯이 형이상학적 차원이라고 말하고 싶습니다. 물론 나도 이 모호함 속에 강하게 연루되어 있다고 생각하는데, 당신에게 암시했던 우발적인 연루 때문이라기보다, 무엇보다도 내가 작가로서 작품에서 이끌고, 포착하고, 보여주는 모호함의 주체이자 동시에 객체이기 때문입니다.

당신에게 말한 오래전의 내 책에서 (정당화의 한 형식인 서문에다가 작가들은 마치 삶에 대한 관찰이 죄의식을 가지게 하듯 종종 자신을 정당화해야 할 필요성을 느낍니다) 나는 운명의 장난과 모호함을 살아냈던 스페인의 바로크 작가들을 언급했습니다.

하지만 지금 이 순간 내 생각은 그보다 카를로 에밀리오 가다[98]에게 향하고 있는데, 그는 모호한 것으로 '살아왔다'고 느꼈고, 어느 기자가 그에게 바로크한 작가로 간주해도 되냐고 묻자 이렇게 대답했지요. "가다는 바로크적이지 않아요. 바로크적인 것은 삶이지요."[99] 간단히 말해 지금 당신에게 쓰는 이 편지는, 프랑스 친구들이 나에게 질문했듯이, 오늘날 이탈리아에서 지성인이 의미하는 바를 나름대로 상징

98 Carlo Emilio Gadda(1893~1973). 이탈리아 작가로, 특히 사투리나 속어 등을 사용하여 언어의 혁신을 시도하는 실험적인 작품들을 남겼다.

하고 있습니다. 내가 알프스 너머의 친구들에게 제공하는 '문화적' 파노라마가 아마 즐겁지는 않겠지요. 혹시 염세적이라고 비난할지도 모릅니다. 하지만 무엇 때문에 고무적인 비전으로 그들을 안심시켜야 할지 그 이유를 모르겠습니다. 그러니까 가령 이탈리안 푸드나 이탈리안 스타일 같은 '매력적인' 상품들에 만족할 수도 있겠지요. 내 논의는 정말로 '매력적'이지 않습니다.

어쨌든 평온한 걸음걸이로 우리의 길을 계속 가려고 노력해봅시다. 비록 바람이 불더라도 약간의 불빛을 위해 우리의 조그마한 성냥을 켜는 집요함을 포기하지 않으면서 말입니다. 성냥개비가 다 탈 때까지.

안토니오 타부키

99 여기서 '바로크'는 16세기를 전후한 시기의 문예사조로가 아니라, 작가의 작품 경향과 더불어 기괴하고 과장되고 기발한 예술적 성향을 의미한다. 따라서 가다의 대답을 의역하자면, "가다는 기괴하지 않아요. 기괴한 것은 삶이지요" 정도가 될 것이다.

# 아드리아노 소프리가
# 감옥에서 보낸 편지 두 통

100 실제 사건을 토대로 한 타부키의 소설 『다마세누 몬테이루의 잃어버린 머리*La testa perduta di Damasceno Monteiro*』(1997)가 출판된 다음, 포르투갈 국립수비대의 하사관 알레이슈 산투스Aleixo Santos가 소설의 상황대로 살인을 저질렀다고 자백했다. 즉 어느 젊은이의 머리를 총으로 쐈는데, 그 머리 안에 박혀 있던 총알이 자기 범행의 증거가 될까 두려워서 머리를 잘랐다는 것이다. 이와 관련하여 타부키는 1997년 9월 25일자 『일 코리에레 델라 세라』에 간략한 글을 기고했고, 거기에 포르투갈 신문기사를 인용했는데, 뒤이어 소프리가 인용한 산투스의 말은 이를 토대로 한 것으로 짐작된다.

101 원문에는 ho perso la testa로 되어 있는데, perdere la testa, 즉 '머리를 잃다'는 표현은 주로 은유적으로 사용되며, '당황하다, 제정신을 잃다' 등을 의미한다.

# 질문을 받은 자가
# 정식으로 이 책『플라톤의 위염』에
# 서면으로 답하는 곳

첫번째 편지. 1997년 10월

안토니오 타부키 씨,
지성인들의 지성과 그 사용 방식에 대해 당신이 나에게 보내려고 한 공개서한에 대해 나 자신은 단지 잠정적으로만—한 페이지의 영수증으로만—대답했습니다. 개인적으로 나는 일반적인 문제를 약간 신뢰하지 않습니다. 오히려 나는 우리와 동년배인 일부 지성인들의 소위 전도된 참여에 놀랐습니다. 그들은 가난한 자들, 약한 자들, 소외된 자들에게 분노하는 데에 집요하게 참여하고 있지요. 유행하는 모든 유형 중에서 비열한 지성인들과 그들 언어의 춤들은 정말로 없어져야 할 것들입니다. 나는 어느 젊은이를 총으로 쏜 다음 그의 머리를 자른 포르투갈 하사관 알레이슈 산투스의 자백, 말하자면 신문의 사회면 기사에서 당신의 최근 소설『다마세누 몬테이루의 잃어버린 머리』로 이어진 순환과정을 종결짓는 자백 상황을 높게 평가했습니다.[100] 바로 그 수비대 하사관은 이렇게 표현된 문장으로 그 종결된 순환과정에 탁월하게 봉인을 찍었지요. "그가 죽은 것을 보았을 때…… 나는 머리를 잃었어요."[101] 머리가 뒤바뀐 것입니다. 당신이 설명한 대로,

포르투갈은 유럽연합에 들어가려고 기다리는 상황에서[102] 그 사건을 거의 비공개로 기소했습니다. 그런 곤란한 상황은 이탈리아에서 공적인 지성인 계층에 대한, 그리고 이탈리아의 과거 및 가능한 미래와 지성인 계층과의 관계에 대한 일종의 대답으로 나를 이끌었습니다. 나만의 독특한 환경과 도덕적인 상황에 대해 언급하더라도 이해해주기 바랍니다.

나는 내 사법적 사건에 대한 역겨움과 무의미성, 그리고 거기에서 보다 확고한 무엇인가를 이끌어내고 싶은 욕망 사이에서 끊임없이 흔들리고 있습니다. 우리의 입장이 되어 보십시오. 어떤 조잡한 대본臺本이 어쩌면 우리의 삶 자체를 문제 삼으면서, 만약 우리가 모든 자유를 박탈당하지 않았다면 절대 하려고 하지 않았을 행동을 하도록 우리에게 강요하고 있습니다. 그런 상황을 약간 고귀하게 만들고 싶은 욕망은 이해할 수 있겠지요. 마치 누군가에게 흉악한 말로 호주머니 안에 있는 모든 것을 내놓으라고 협박하자 몰래 잔돈 몇 푼을 땅에 던지려고 하면서 어떤 정직하고 가난한 사람이 그곳을 지나가주기를 기대하는 것처럼 말입니다. 예를 들어 우리는 어떤 합당한 주장을 위해 단식하는 것을 오랫동안 생각해왔습니다. 그것은 과시적인 것도 아니고, 끝날 때 극단주의적인 것도 아닐 것이라고 우리는 믿습니다. 가령 당신들이 벽에 세워진 사람이고, 비록 역사를 위한 것은 아닐지라도 다음날 신문의 사건기사를 위해 마지막 한마디 외칠 수 있다면, "이탈리아 만세!" 아니면 "부끄러운 줄 알아라!" 하고 외칠까요? 모

102 포르투갈은 1986년에 유럽공동체에 가입했는데, 여기에서는 마스트리흐트 조약으로 새로 탄생한 유럽연합EU을 가리킨다.

르겠습니다. 나는 밀라노의 어느 불공평한 법관에게, 또 우리와 함께 늙어버린 역사, 그 모든 사랑하는 깃발들이 벌써 오래전에 내려진 역사에게, 나의 마지막 한마디를 남긴다는 생각에 애착을 느낄 수 없습니다. 물론 우리는 침묵할 수 있습니다. 하지만 너무 지나친 요구이지 않습니까? 그래서 내가 말했듯이, 우리는 힘없는 죄수로서 우리의 행위를 알제리에서의 삶과 자유에 양도하고 싶은 강한 욕망을 오랫동안 품어왔습니다. 하지만 우리는 그것을 단념했습니다. "그것은 달갑지 않은 오해가 될 거야." 우리는 말했지요. 우리는 우리 자신에게 오해의 위험을 허용할 수 있다고 생각했습니다. 다른 것을 허용할 수 없기 때문이지요. 그런데 지금 마침내 알제리에 대한 이야기가 좀더 많이 나오고 있습니다. 조만간 무슨 일이 있을 겁니다. 아마 모든 아이들이 갈가리 찢겨지기 전에 말입니다.[103]

그렇게 약간은 우스꽝스럽고, 약간은 고무된 정신 상태에서 나는 교황이 브라질을 향해 비행하면서 기자들과 나눈 대화를 읽었는데, 오직 가톨릭교회만이 용서를 구할 수 있다는 사실에 대한 것이었습니다. 이게 날 불쾌하게 했는데, 왜냐하면 그런 지적은 교회의 이름으로 요구되는 '용서'의 선택 가치를 축소시키는 것처럼 보였기 때문입니다. 최근에 유대 민족 학살과 관련된 공모 또는 태만에 대해 프랑스 교회가 용서한 일이 있었지요. 그리고 나는 신성을 토대로 요구하지 않는

103 1991년부터 알제리 정부와 여러 이슬람 반군들 사이에 벌어진 소위 알제리 내전으로 수많은 사람들이 희생되었는데, 1997년 의회 선거가 이루어졌을 때 무고한 대량 학살이 절정에 이르렀다.

제도들까지 포함하여 우리 시대의 다른 제도들이 어떻게 용서의 문제를 다루었는지 자문해보았습니다. 물론 공산주의 체제와 공산당의 '자기비판'이 있지만, 그것은 잘못과 책임, 그 뿌리에 대한 솔직한 고백을 비극적으로 위조한 것입니다. 그런 위조는 무너진 체제에 대한 비난 행위 자체에 독이 묻은 꼬리를 슬며시 밀어넣고, 자기용서와 억압이 가득한 만큼 수사학으로 가득하지요. 만델라 대통령의 남아프리카 공화국에서는 2년 전부터 데스몬드 투투[104] 대주교가 주재하는 '진실과 화해 위원회'가 활동중인데, 이는 공개적으로 '뉘른베르크[105]와 기억의 삭제' 사이에서 대안代案의 길을 찾기 위한 노력이지요. 그 위원회는 오천오백 건의 사면 요구서를 수집했는데, 거기에는 새로운 정권에서 중요한 자리에 있는 일부 공무원들을 포함하여 옛 정권의 공무원들과 당국이 자신의 책임을 인정하는 것이 포함되어 있습니다. 그것은 아마 한 공동체가 연대하여 자신의 과거 문제를 처리하면서 고통스럽게 정의와 화해를 동시에 추구하려는 열망의 가장 중대한 경험일 것입니다.(국가적 차원에서 이루어지는 그러한 시도와, 형법상의 정의에 대한 대안으로 이곳 이탈리아에서 이루어졌으나 무시당한 화해의 경험을 비교해보아야 할 것입니다.)

파시즘에서 벗어난 이탈리아에서는 그런 일이 일어나지 않았는데, 그것은 폭력과 불의, 광신 때문에 분열되고 상처

104 Desmond Mpilo Tutu(1931~). 남아프리카 공화국의 성공회 대주교로 인종차별 반대를 위해 활동한 공로로 1984년 노벨평화상을 받았다.

105 Nürnberg. 독일 바이에른 지방의 제2의 도시로, 히틀러는 1923년에서 1938년 사이에 이곳에서 여러 차례에 걸쳐 대규모 군중집회를 조직했는데, 나치당의 힘과 세력을 대내외적으로 과시하기 위한 선전 행사였다.

입은 공동체에 대한 비극적 의식의 산물로서가 아닌, 오히려—반세기가 넘는—과거의 시간과 현재의 기회의 산물인 지금의 화해를 너무 인위적이고 불만족스럽게 만들고 있습니다. 톨리아티의 사면[106]과 그 적용 방식으로 이루어진 이탈리아와 남아프리카 공화국의 시도를 비교해보십시오.(판단하기 위해서가 아니라 이해하려고 노력하기 위해서 말입니다.) 아마 레지스탕스와 반파시즘이라는 그 의미 있는 이탈리아의 업적 그 자체 때문에, 과거와의 대질對質이 독일보다도 더 부분적이고 불분명하게 되었는지도 모릅니다. 결과적으로 보면, 아마 유럽 국가 가운데 독일이 자신의 과거에 대해 질문하기에 가장 적합한 나라였고 또 지금도 그런 것 같습니다. 파시즘에 저항한 이탈리아에서, 또는 비시 정부와 알제리에 대한 고려가 우리 시대의 관심사와 함께 제기되는 드골의 프랑스[107]에서 그랬던 것과는 달리, 또다른 독일의 이름으로 말하기 어렵다는 사실 자체가 독일 사람들로 하여금, 가령 폴란드에서 브란트가 그랬던 것처럼[108] 때로는 강하고 논란이 될 정도로 명백하게 말과 행위로 용서를 구하도록 강요하거나 유도했을 것입니다.

106 1946년 6월 22일 당시 사면정의부赦免正義部 장관이던 톨리아티가 발의한 형벌 면죄 법률이 공표되었다. 이 법률은 이차대전이 끝난 후 국가적 화합을 목적으로 지난날의 여러 가지 정치적, 시민적 범죄들을 사면해주었다.

107 프랑스의 정치가 샤를 드골Charles De Gaulle(1890~1970)은 이차대전 중 비시Vichy 정권으로부터 사형선고를 받았으나, 1943년 알제리에서 국민해방위원회를 결성하여 레지스탕스 활동을 계속했다.

108 독일의 정치가 빌리 브란트Willy Brandt(1913~1992)는 1969년 수상이 된 이후 특히 폴란드와의 관계 개선을 위해 노력했고, 그 과정에서 과거 나치 독일의 폴란드 점령에 대해 사과하는 태도를 보였다. 브란트는 그런 긴장 완화를 위한 노력의 공로로 1971년 노벨평화상을 수상했다.

나에게 중요한 것은 성인으로서, 우리가 성숙기의 삶을 살았던 이탈리아라는 국가와 관련되어 있습니다. 아주 간단하게 말하자면, 그것은 오래되고 방대한 공동 책임이 체제 파괴적인 프로그램들로 이루어지고 개별 기관들과 정치적 당사자들의 이익을 위해 불법적이고 범죄적인 수단으로 이루어진 국가이며, 마피아와 대규모 범죄 집단에 일종의 치외법권과 제2의 국가를 허용하면서 평온한 삶을 공생하는 데 적합한 국가이며, 공적인 것을 면제받은 사적 유산처럼 압수하여 사방에 만연한 부패가 무감각한 습관이 되어버린 국가입니다.

질문은 이런 것입니다. 그런 국가가 그것에 대해 용서를 구해야 했고 또 지금도 그래야 합니까? 국가란 교회와 달리 윤리적 제도가 아니며 또한 그래서도 안 됩니다. 국가가 용서를 구하는 방식은 교회의 방식보다 덜 엄숙하고 덜 경건해야 하며, 약간 더 시의적절해야 합니다. 교회는 후스[109]주의자들을 화형에 처하고 위그노[110] 신자들을 학살한 것에 대한 반성에 몇 세기를 허용할 수 있지만, 국가는 다음 세대가 아니라 지금 살아 있는 시민들을 고려해야 합니다. 이탈리아의 시민적 불행은 바로 그 점에 놓여 있습니다. 세속 공동체에서 용서를 구하는 것은 적절하지 않고, 행여나 사법적 판결이나 조사로 대체될 수 있다고 생각할 수도 없습니다. [게다가 이러한 무능과 실어증失語症은 우리 사회와 그 지도자들에게 몸에

109 얀 후스Jan Hus(1372~1415)는 보헤미아 출신의 종교개혁가로, 교황과 성직자들의 부패와 타락을 비판했고, 1414년 콘스탄츠공의회에 소환되었다가 이듬해에 화형당했다.

110 프랑스의 프로테스탄트 칼뱅Jean Calvin(1509~1564)을 따르는 신자들을 가리키는 용어로, 여러 차례의 탄압으로 많은 신자들이 학살당했다.

배인 것처럼 보입니다. 예전에 식민지였거나 침략당한 나라들에 대해서도 그런 일이 있었지요. 그리고 얼마 전 알바니아 난민들의 배가 침몰한 그 끔찍한 (따라서 억압된) 비극[111]에서도 솔직하게 또 단순하게 용서를 구하지 못하는 무능력이 드러났습니다.] 이탈리아의 지도자 계층은 그런 결정적인 문제를 상상할 줄 몰랐던 것 같습니다. 그런 방향으로 나아간 정치적 시도로는, 내 머릿속에 떠오르는 것으로 단지 두 개가 있었는데, 둘 다 고유의 특이함과 타협으로 무효화된 것입니다. 그러니까 코시가[112]의 '위대한 고백'에 대한 호소와, 시기가 지난 뒤에 발표된 것이지만, 정당의 자금 조달에 관한 크락시의 의회 연설[113]입니다. (급진주의자들의 문화와 임무는 거기에 이름을 붙였겠지요. 하지만 정작 그 순간이 왔을 때, 나로서는 설명할 수 없는 방식으로 판넬라[114]는 방탕한 만큼 돈키호테 같은 낡은 정치 계급과의 연대를 선택했습니다. 녹색당에 대해서는 알렉산데르 랑거[115]가 잘 느꼈듯이, 생태학적 전향이라는 관념은 필연적으로 휴전休戰과 삶의 변화에

111 1997년 3월 28일 알바니아 내전으로 난민들을 태운 낡은 순시선이 상륙을 막으려는 이탈리아 해군의 함정에 받혀 침몰했고 100명 이상이 사망한 사건을 가리킨다.

112 Francesco Cossiga(1928~2010). 이탈리아의 법학자이며 정치가로, 이탈리아 공화국 대통령(1985~1992)을 역임했다. 그는 1990년대에 대대적으로 전개된 부패척결 작업으로 '깨끗한 손Mani pulite'('뇌물 공화국Tangentopoli'이라고 부르기도 한다) 운동이 전개되었을 때 부패 가담자들의 소위 '위대한 고백grande confessione'을 호소했다.

113 '깨끗한 손' 운동이 전개될 때 크락시는 의회 연설에서 자신이 이끌던 사회당이 불법적인 자금 지원을 받았다는 사실을 인정했다.

114 Marco Pannella(1930~). 이탈리아의 저널리스트이며 정치가로 1955년 급진당을 창당했으며, 급진적이고 진보적 성향으로 널리 알려져 있었다.

115 Alexander Langer(1946~1995). 이탈리아의 정치가이며 작가로 '로타 콘티누아'에 처음부터 끝까지 참여했고, 나중에 녹색당 창립자 중 하나가 되었다.

대한 관념과 연결되어 있지만, 실천된 정책이 멀리서나마 그들의 관점을 간직하는 데 성공하기는 어렵습니다.) 제2공화국[116]은 도래하지 않았고, 오히려 더욱 개연성이 없어지는데다, 심지어 북부의 어떤 공화국[117]보다 더 개연성이 없어지게 되었다면, 바로 그런 것 때문입니다. 많은 북부 사람들의 심리적이고 도덕적인 분리 그 자체는, 시간이 있었다면, 연방주의[118] 노래들을 간헐적으로 들려주는 것보다 진실에 대한 논의로 반박되었을 것입니다. 그러니까 지배계급의 일부는 용서를 구할 줄 몰랐으며, 다른 일부는 자신들이 비난의 역할을 담당할 수 있고 그런 문제에서 면죄될 것이라고 생각했던 것입니다. 그런 명백한 무능함은 사법적 참회, 즉 한편으로는 도덕적 범주로 전환되었고, 다른 한편으로는 노동조합의 범주로 전환된 사법적 참회의 전염병 같은 확산으로 분명히 드러났습니다. 자수자들의 이름과 자백이 난무하는 것은, 마치 악화惡貨가 양화良貨를 구축하듯이, 참회의 부재를 보여주는 척도입니다. 부정부패와 관련하여 '깨끗한 손'[119] 운동의 떠들썩하고 충격적인 시작은 직업, 정보, 정치에서의 지배계급 전체, 즉 전통적인 원로 계층뿐만 아니라 68세대 자체까

116 이탈리아에서 '제2공화국Seconda repubblica'이란 용어는 일반적으로 1992년에서 1994년 사이에 들어선 새로운 정치체제를 가리키는 데 사용된다.

117 이탈리아 북부 출신 정치가 움베르토 보시Umberto Bossi(1941~)가 이끄는 '북부 동맹'이라는 뜻의 극우파 정당 '레가 노르드Lega Nord'는 상대적으로 부유한 이탈리아 북부와 가난하고 낙후된 남부의 분리를 주장했고, 1996년에는 북부 중심의 소위 '파다니아Padania 공화국'을 선포하기도 했다.

118 이탈리아 북부의 분리주의자들은 원래 연방주의에서 출발했으며, 분리주의 운동이 커다란 반향을 얻지 못하자 다시 연방주의를 강조했다.

119 원문에는 Tangentopoli, 즉 '뇌물 공화국'으로 되어 있다.

지 습관과의 단절로, 자기 자신에 대한 질문으로, 그리고 아마 사적이거나 공적인 실존 방식의 전환으로 이끌 수 있었을 것입니다. 나는 지금 부활이나 윤회에 대해 말하는 것이 아니라, 그보다 더 작고 구체적인 것들에 대해 말하고 있습니다. 그런데 그런 것은 전혀 없이 오히려 모두 몰래 달아나기에 급급했고, 소심한 기질을 드러냈고, 감옥과 명성을 두려워했고, 재빨리 자기 이웃을 비난했지요. 내가 보기에 그것은 조사로 드러나는 부패보다 더 심각한 것 같습니다. 그렇기 때문에 공적인 이탈리아에서는 가장 진지하고 합리적인 노력마저 허약하며, 따라서 공유의 정신은 상실되었습니다. 보시의 천박함에 대한 반동으로 다시 게양된 삼색기三色旗[120]에 만족하지 않는다면 말입니다.

기독교민주당 체제의 대표자로 그 절반짜리 합법성을 잘 인식했던 알도 모로[121]가 자신의 마지막 공적인 이미지를 결코 기소되지 않을 기독교민주당에 대한 의회 연설에 할애했다는 것은 인상적입니다. 나중에 모로가 희생자가 된 비극은, 바로 고아에 가깝고 부모살해자에 가까운 무감각한 정치 계급의 '내 탓이오'[122]를 위한 극단적인 기회가 되었어야 하는데, 실제로는 그에 대한 지적조차 없었습니다. 그들은 그것을

120 이탈리아 국기는 녹색, 하얀색, 빨간색으로 되어 있다.

121 Aldo Moro(1916~1978). 이탈리아의 정치가로, 기독교민주당의 핵심적인 지도자였고 이탈리아의 내각 총리를 다섯 번이나 역임했는데, 1978년 3월 16일 오전 집에서 하원으로 가던 도중 '붉은 여단'이라는 뜻의 '브리가테 로소Brigate rosse'(1968년 학생 운동의 여파로 1970년대 초 결성된 좌파 성향의 비밀무장투쟁 조직)에 의해 납치되어 55일 동안 끌려다니다가 결국 살해당했다.

122 원문에는 라틴어로 '메아 쿨파mea culpa'로 되어 있는데, 가톨릭의 고백기도에 나오는 구절이다.

납치된 자에 의한 거짓이라고 선언했고, 두려움에 넘쳐 황급히 땅속에 묻었습니다. 그것을 바로 코시가가 증명했지만, 뒤늦게 개인적인 일 때문이었습니다. 그리하여 모로의 저주에 깜짝 놀란 지배계급은 스스로가 그 안에 파묻혔는데, 오랜 시간이 지난 것도 아니었습니다. 좌파든 우파든, 다른 사람들의 통관通關은 가택 연금에 대한 끝없는 불평을 제외하면 싼값에 이루어졌습니다.

1969년 4월 25일의 폭탄 테러[123]와 무정부주의자들에 의한 것이라는 날조, 12월 12일의 테러와 주세페 피넬리[124]를 창문으로 내던진 사건 등에 대해 용서를 구했다는 말을 나는 듣지 못했는데, 진실이나 화해와는 아무 상관도 없는 그런 테러 조사위원회들의 서류 목록은 아주 길지요. 그 사건들 때문에 감옥에 간 사람은 아무도 없습니다. 그런데 죄도 없는 나는 감옥에 있습니다. 그 대신 나와 함께 있는 다른 사람들은, 누군가의 머릿속에 나를 살인의 주범으로 만들 생각이 떠오르기도 전에, 내 나름대로 용서를 구했습니다. 말하자면 우리

123 1969년 4월 25일 밀라노 전시장에서 폭탄이 터져 여섯 명이 다쳤고, 폭발되지 않은 또다른 폭탄이 밀라노 중앙역에서 발견되었다. 루이지 칼라브레시 경찰국장이 이 두 사건을 조사했는데, 그는 무정부주의자들에 의한 테러로 조사했지만 납득할 만한 증거를 제시하지 못했다. 그리고 같은 해 12월 12일에 폰타나 광장 폭탄 테러가 발생해 열일곱 명이 죽고 여든여덟 명이 다쳤다.

124 Giuseppe Pinelli(1928~1969). 이탈리아의 철도원이며 무정부주의자로 1969년 12월 12일 폰타나 광장의 폭탄 테러에 연루되었다는 혐의로 불법체포되었고, 12월 15일 루이지 칼라브레시 경찰국장 사무실에서 조사받던 중 창문에서 떨어져 사망했다. 그의 사망 원인은 끝내 밝혀지지 않았는데, 아드리아노 소프리의 주간신문 『로타 콘티누아』는 그가 살해당했다고 주장했으며 그 책임자로 칼라브레시 경찰국장을 지적했다. 다리오 포의 『어느 무정부주의자의 사고사』(1970)에 영감을 준 인물이다.

의 잘못과 우리의 책임에 대해 생각하고 말했으며, 생활 방식을 바꾸었지요. 생활 방식을 바꾸었습니다. 나는 지나간 일부 일들에 대해서는 만족했고, 다른 일부에 대해서는 참회했습니다. 내가 머리를 아래로 처박은 채 참여하고 있는 사육제를 간략하게 요약하면 바로 그렇습니다. 게다가 공권력을 위임받은 자들에 의한 위법은 개개인에 의한 위법보다 비교할 수 없이 더 심각하다는 것을 잊지 말기 바랍니다. 관용에 대한 논의 같은 수많은 논의의 문제는 바로 여기에 있습니다. 그렇다고 정치적 광신으로 저지른 죄들이 정당화되지는 않습니다. 하지만 법의 이름으로 저지른 죄들, 국가의 방 안에서 저지른 죄들은 훨씬 더 심각합니다. 그런데 반대로 국가적 위법의 책임자들, 그리고 공권력을 갖고 있으면서 위법을 저지르게 방치한 자들은 자신의 위법을 정당화하고 지우기 위해 '테러리스트들'의 죄를 이용했습니다. 말하자면 법의 엄격한 적용을 강화하거나, 자신들의 면책특권을 부여했으며, 오랜 세월이 지난 뒤에 힘도 없고 종종 진정으로 참회한 소수의 죄수에게 충분히 용서를 구하지 않았다고 비난을 퍼부었지요.

이러한 이탈리아, 용서 구하는 것을 상상할 줄 모르면서 힘없고 두들겨맞은 자들에게 끝없이 의례적으로 용서를 구하라고 강요하는 이탈리아는, 자체의 엄격함을 강화하기를 좋아합니다. 온갖 종류의 부분 사면과 완전 사면으로 살아온 이탈리아가 모든 관용이나 사면, 용서의 집요한 적이라는 것을 자랑하고 있습니다. 혹시 누군가가, 모든 단계의 수많은 기관들에서 타락하고 부패했으며 공모자로 밝혀진 사법부의 이름으로, 바로 그 판사들의 손에 의해 유죄판결을 받은 사람들에게 용서를 구한 적이 있습니까? 가난하고, 무지하고, 보호받지 못하고, 버림받은 수형자들에게 용서를 구했나요? 이탈리아에서 판결된 모든 소송, 또 판결되어야 할 모든 소송은 이제 합당한 의혹을 불러일으키고 있습니다. 그렇지 않습니까? 만약 그렇다면 어떤 뻔뻔스러움에 이끌려 많은 공권력이 사면이라는 관념 자체를 조롱하고 경멸하게 되었습니까?

그렇게 나는 증오스럽고 시대착오적인 내 소송사건에서 다른 주제로 넘어가게 되었지요. 그 상태로 남아 있거나 또는 스스로를 지키려는 공동체에는 휴식, 정지, 휴전, 아니면 어떤 인식능력이 있어야 합니다. 교황이 용서(성 프란체스코의 아시시[125]에서는 '화해하다'라고 불렀지요)라고 부르는 문제는 내가 지금 있는 이곳에서 중요하다고 생각되는 모든 것과 연결되어 있습니다. 감옥에서 정의에 이르기까지, 분리주의에서 언어와 행동의 추악함에 이르기까지, 세상에서 우리가 사는 곳과 나머지 다른 곳 사이의 관계에 이르기까지 말입니다. 이 모든 것이 당신이 편지에서 제기한 문제들과 아무 관계가 없는 것처럼 보이지 않기를 바랍니다. 안녕히 계십시오.

아드리아노 소프리

(『레스프레소』, 1997년 10월 16일)

125 Assisi. 이탈리아 중부 움브리아 지방의 도시로, 프란체스코 성인(1181?~1226)의 고향이다.

## 두번째 편지. 타부키 씨, 이야기 하나 해줄게요

안토니오 타부키 씨,
이야기 하나 해줄게요. 소박하고 우울하지만, 약간 물의를 일으킬 이야기인데, 당신의 고향 베키아노에 살지만 지금은 이곳 감옥에 있는 어느 서른다섯 살 남자의 이야기입니다.

이름은 G. A.이고, 아버지가 광산에서 일하기 위해 이주한 벨기에 림부르흐에서 태어났습니다. 현재 그의 아버지는 베키아노에 사는데, 결핵과 규폐증硅肺症에 걸렸고 지금은 다발성 경화증硬化症까지 겹쳐 완전장애연금으로 살고 있습니다. 그의 어머니도 이탈리아 사람으로, 벨기에에서 노동자와 가정부로 일했고 지금 그곳에 혼자 남아 있는데, 그녀 역시 장애 상태랍니다. 부모는 다투었고 결국 이혼했지요. 사람들이 경찰을 불렀고, 어린 그는 보육원에 보내졌습니다. 일곱 살에서 열일곱 살까지 이 보육원 저 보육원을 전전했고, 이따금 부모에게 가려고 도망치기도 했습니다. 아버지는 오두막에서 살았지요. 열일곱 살에 G.는 소년원에 갇혔습니다.

그는 공부하기 싫었고, 플라망어와 이탈리아어를 말하고 쓸 줄 알았으며, 나중에 다른 언어들도 더듬거리며 할 줄 알게 되었습니다. 벨기에, 네덜란드, 독일 등 여기저기에서 일했는데, 거의 언제나 불법 노동이었지요. 대부분 '막노동'이었어요. 전신주 설치, 건설 현장, 기계공장의 막노동꾼이었습니다. 그리고 네덜란드의 볼보 공장에서 5년 동안 정기적으로 일했습니다. "생산 라인은 아주 빨랐어요. 10년 전부터 일한 숙련공이 옆에 붙어 있는데, 보조를 맞춰야 해요. 그렇지 못하면 쫓겨나요. 그래서 암페타민과 다른 각성제들을 먹기 시작했어요. 마약은 하지 않았어요, 절대로. 전에 친구들과 담배만 피웠어요." 이따금 그는 이탈리아에 있는 아버지에게 갔습니다. 10여 년 전에 벨기에에서 자동차를 샀는데, 낫산1200으로 도난당한 차였어요. 이탈리아에서 장물취득죄로 기소되었고 집행유예를 선고받았습니다. 일거리가 있으면 유럽을 돌아다녔지요. 일이 없으면 아버지에게 갔습니다. "아버지가 당신을 사랑해요?" "나름대로는 그래요." "당신은 아버지를 사랑해요?" "많이 사랑하지요." 아버지는 루카와 호수 사이에 있는 마사추콜리[126]에 1헥타르가 조금 넘는 땅을 샀습니다. G.는 그곳에서 점점 더 많은 시간을 보내게 되었지요. "나는 거의 죽고 싶은 심정이었어요. 그런데 그곳 숲에 일하러 가면서 각성제와 담배를 끊는 데 성공했어요. 언제나 스쿠터를 타고 갔는데, 기분이 좋았어요. 경작되지 않은 땅이었어요. 전에는 소나무들이 있었는데, 몇 년 동안 세 번이나 산불이 났고, 살아남은 나무가 하나도 없었어요. 나는 거기에 과실수를 심고 싶었고, 몇 그루는 벌써 심었어요. 사과나무, 무화과나무, 살구나무였지요. 나무와 천으로 움막을 하나 지었고, 때로는 거기에서 자기도 했어요. 왔다갔다하지 않으려고 그러기도 했지만, 그게 좋기도 했어요. 움막에 작은 화덕이 있었고, 아래에 내려가 양동이에 물을 길어왔어요. 물이 없었으니까요. 그렇게 점차 익숙해졌어요. 작은 오솔길만 있었는데, 우리는 길을 내고 싶어 산림청과 이야기했지요. 산림청 사람들이 와서 내가 일하는 것을 보았고, 나를 알았지요."

126 Massaciuccoli. 이탈리아 북서부 해안 지방 루카에 상당히 넓은 마사추콜리 호수가 있는데, 그 근처를 가리킨다.

골치 아픈 일은 1996년 4월 12일에 일어났습니다. 별로 큰 일도 아니었어요. "내가 말했지요, 나무들은 없었다고. 어린 아까시나무, 딸기나무, 마룰레(그것이 무엇인지 나는 모르겠는데, 아마 금작화金雀花 같습니다) 몇 그루, 그리고 엄청나게 번식하는 산딸기나무들뿐이었어요. 나는 이렇게 했어요. 관목들을 깨끗이 잘랐고, 잔가지와 덤불들을 모아서 불태웠고, 그다음에 또 계속했지요. 하루에 조금씩 여러 번 그렇게 했어요. 그런데 그날 바람이 불었고, 관목 숲에 불이 붙었어요. 여름이 아니었는데도 내가 불을 끌 수 없다는 것을 깨달았고, 그래서 발바노[127]의 선술집으로 달려갔어요. 가장 가까운 전화가 거기 있었지요. 나는 루카의 소방관들에게 전화를 했고, 내가 누구인지 말했고, 산불이 나서 꺼야 한다고 말했어요. 우리는 동의했고, 나는 길에서 소방관들을 기다렸어요. 그곳을 찾지 못할 수도 있었으니까요. 소방관들은 물탱크차와 사륜구동 지프차로 왔는데, 물탱크차는 올라가지 못했고, 우리는 지프차로만 올라갔어요. 그들과 나는 서너 시간 정도 함께 불을 껐어요. 불은 우리 땅의 경계선을 넘어갔지만, 많이 넘어가지는 않았어요." 간단히 말해 결국 산림청 사람들은 그를 안다고 말했고, 열심히 일하는 훌륭한 청년이라고 말했지만, 소방대장은 그가 신고를 해야 한다고 말했습니다. 더구나 G.는 소방관들을 부르기 위해 자기 성과 이름을 대고 전화를 했지요. 소방관들은 보고서를 작성했어요. 두어 달 후에 루카의 산림청으로 소환했습니다. 그의 진술을 들었는데, 거기에는 법원에서 나온 누군가가 있었고, 국선변호인도 있었어요.

127 Balbano. 루카의 작은 마을.

그는 돈이 없었습니다. 그의 아버지는 말했지요. "그런 멍청한 짓 때문에 변호사 비용을 지불할 필요는 없어."

그리고 다시 일곱 달이 지났는데, 그는 소송 때문에 루카의 법원에 소환되었습니다. 국선변호인은 나타나지도 않았습니다. 다른 국선변호인이 지명되었는데, 순회하는 여성 변호사였고, 그녀는 믿을 만한 변호사를 구하라고 충고했습니다. 하지만 그는 돈이 없었어요. 소송이 시작되었지요. 인접한 땅의 소유주들이 소환되었지만, 아무도 나타나지 않았습니다. 아무도 피해를 신고하거나 고발하지 않았습니다. 판사는 G.에게 화해를 하고 싶은지 물었습니다. 그렇게 하면 무엇이 바뀌는지 그는 물었지요. 화해를 하면 형벌을 3분의 1로 경감해주고, 그렇지 않으면 무죄방면되거나, 아니면 유죄선고를 받게 되고, 그런 다음 항소를 해야 한다고 했습니다. 그는 생각했습니다. 길게 끄는 일에 휘말리면 혹시 일자리를 얻을 기회가 있어도 포기해야 할 것이라고 생각했지요. 그래서 사건을 종결시킬 것을 요구했습니다. 그는 아직 이해하지 못했던 것입니다. 판사는 실화失火에 대해 그에게 5개월 20일을 선고하고 사건을 종결했습니다. 엄청난 피해를 주고도 처벌받지 않은 방화放火들이 넘치는 이탈리아에서 5개월 20일 징역이랍니다.

집에서 G.와 그의 아버지는 허탈하게 서로를 바라보았고 믿을 만한 변호사를 선임했습니다. 그에게 백만 리라를 주었고, 그다음에 또 백만 리라를 주었지요. 변호사는 절대 감옥에 가지 않을 것이라고 장담했습니다. 법원에서는 감옥에 구금되는 것을 대체할 만한 시험적 위탁을 기다리면서 형 집행

정지를 선고했습니다. 8개월이 지났고, 1997년 10월 피렌체의 감시監視 법원은 실태를 심사했습니다. 그는 일하기 위해 네덜란드로 돌아가 있었고, 변호사는 출석하지 않았습니다. 청구는 기각되었습니다. 내가 지금 앞에 들고 있는 서류에는 이렇게 적혀 있습니다. "6개월을 초과하지 않는 형벌이고 도주의 위험이 있을 것 같지 않으므로…… 수형자는 감옥에 출두할 것을 명령한다." 수형자는 감옥에 출두했습니다. 그의 아버지는 베키아노에 있습니다. 과실수들이 어떻게 어려움을 벗어날 수 있을지 누가 알겠습니까.

아드리아노 소프리

(『파노라마』, 1998년 1월 29일)

# 잠정적인 에필로그

128 주 123, 124 참조. Pietro Valpreda(1933~2002). 이탈리아의 무정부주의자이자 작가로, 피넬리와 같은 혐의로 다른 무정부주의자들과 함께 체포되어 1972년 12월까지 투옥되었다. 하지만 나중에 그만을 위한 특별법으로 풀려났으며, 1979년 그와 다른 동료들은 무죄판결을 받았다.

129 정확히 말하면 5개월 21일이 지났다.

## 이 책의 주제 중 하나가 혹시라도 다른 언어로 계속 다루어지도록 맡기면서 논의를 그만하기로 결정하는 곳, 그리고 특히 소프리, 봄프레시, 피에트로스테파니 소송의 신속한 재심을 희망하는 곳

해결책은 없다,
문제가 없기 때문에.
마르셀 뒤샹

「유토피아는 폭력을 먹고 산다.」
1969년 12월 17일자 『일 코리에레 델라 세라』의
'괴물' 피넬리와 발프레다[128]에 대한 기사 제목

분명히 우리보다 더 많이 알지만
말하지 않는 사람이 있다. 만약 그가 입을 열면
눈을 감고 귀를 막고 있는 자에게는
모든 싸움이 똑같다는 것을 알게 될 것이다.
에우제니오 몬탈레

파리, 1998년 2월 18일

베르나르 씨,

이 책을 시작하게 된 지난 4월의 내 편지에 대한 답장으로 소프리가 10월에 나에게 보낸 공개서한을 우리는 우리의 프랑스어 판 책자에 때맞추어 덧붙일 수 있었지요. 내 편지와 그의 답장 사이에 5개월[129]이 지난 것은 소프리가 생각해야 할

다른 것들이 많았기 때문이라고 생각하는데, 비록 "이 모든 것이 당신이 편지에서 제기한 문제들과 아무 관계가 없는 것처럼 보이지 않기를 바랍니다"라며 결론짓고 있지만, 실제로는 내 편지에서 제기된 문제에 대해 그는 렌즈의 조리개를 열면서 대답했고, 따라서 나의 질문이 파노라마적 개관 속에서 약간 미미해진다는 막연한 느낌을 받았습니다. 그러니까 나의 문제는 이론적인 성격으로 아마 약간은 여흥적인 문제, 또는 최소한 소위 '사치스러운' 문제이고, 반면에 내 대화 상대자의 문제는 엄청나게 실제적인 성격으로 커다란 사치를 누릴 수 없다는 점을 이해합니다. 하지만 집이 불타는 동안 소방관을 부르는 것은 당연한 시민적 행위이지만 거기에서 만족스러운 결과가 보장되지는 않음을 증명하는 데에는, 그가 감옥에서 답장으로 나에게 보낸 예시적인 이야기가 여러 추상적인 추론보다 아마 더 효율적일 것입니다. 바로 그렇기 때문에 그의 답장을 여기에 다시 실었습니다.

하지만 이 책자의 이탈리아어 판은 우리가 결론짓고 싶습니다. 원래의 프랑스어 판은 당신의 주도로 탄생했으니까요. 그렇기 때문에 여기에 이 편지를 덧붙이고 싶은데(이 책의 암호는 이제 편지가 되었군요), 문제에 대한 결론이라기보다(그런 논의는 열려 있는 것이 좋을 것입니다) 한때 그랬던 것처럼 책에 약자로 서명을 하기 위해서입니다. 책이 끝났음을 알리기 위해서 말입니다.

그리고 이 편지에다 최근 2월의 『일 코리에레 델라 세라』에서 발췌한 다른 편지들의 두 구절을 덧붙이는 것이 부적절하다고 생각하지 않습니다.(여기에서는 편지가 중요한 구성 요소입니다.) 첫번째 편지에서, 아드리아노 소프리는 칼라브레시 경찰국장의 미망인 젬마 카프라Gemma Capra 부인에게 '로타 콘티누아'가 칼라브레시 경찰국장[130]에 반대하여 벌인 언론 캠페인은 파렴치한 행위였다고 인정하라는 인드로 몬타넬리[131]의 권유를 받아들여 이렇게 썼습니다. "친애하는 젬마 부인, 인드로 몬타넬리가 나에게 권유한 것을 당신도 읽었을 것입니다. ……몬타넬리는 당신의 남편이자 당신 아이들의 아버지에 반대하여 선동하고 비방한 것은 파렴치한 행위였다고 당신에게 서면으로 말하라고 나에게 요구했습니다. 나는 당신에게 그렇다고 말씀드립니다."

두번째 편지에서, 카프라 부인은 여전히 몬타넬리에게 이렇게 대답했습니다. "몬타넬리 씨, 당신이 내 남편에 대한 올바른 기억을 간직할 수 있도록 기울여준 애정 어린 관심에 감사를 드리면서, 아드리아노 소프리 씨가 루이지 칼라브레시 살해 사건에 선행했고, 그것을 결정했고, 또 뒤따른 언론 캠페인은 파렴치한 행위라고 정의한 편지를 명심하겠습니다." 강조는 내가 한 것입니다. 왜냐하면 결정하다라는 동사는 편지를 쓰는 사람에 따라 정해진 인과관계를 구성하기 때문인데, 그녀는 그런 인과관계에 호소하면서, 소송 서류에서 그것이 광범위하게 자주 활용되는 것을 (반복해서 말할 필요도 없이, 그런 활용에 우리는 동의하지 않는데, 그것에 대해서는 앞에

130 이탈리아어로 commissario이며, 영어로는 일반적으로 commissioner로 번역된다. 이탈리아의 국가 경찰 직제에서 다양한 서열의 간부들을 지칭하며, 특히 형사사건의 조사 책임자로 활동하는 경우가 많다.

131 Indro Montanelli(1909~2001). 이탈리아의 역사가이자 20세기에 가장 영향력 있는 저널리스트 중 하나였다.

서 인용한 긴즈부르그의 책을 참조하기 바랍니다) 발견하고 위안을 받았기 때문입니다. 그렇지만 소프리가 책임이 있다고 인정한 '파렴치한 행위'는 그 당시 ('국가의 학살들'이 자행되던 시절이었지요) 제한된 숫자의 소수가 아니라 광범위한 대중운동과 널리 확산된 여론이 공유했던 바로, 당시 여론은 끔찍하고 모호한 사건들에 대한 민주적인 규명을 요구했지만, 그에 대해 공적이거나 사적인 폭력, 다소 우발적인 죽음, 광장과 기차에 폭탄 설치 같은 수단에 의존해 답함으로써 계속해서 동요해나갔습니다. 널리 알려져 있듯이 그 모든 사건들은, 그것을 밝혀야 할 제도적 임무를 가졌던 자에 의해서건, 어떤 뒤늦은 '참회'에 의해서건, 오늘날까지도 전혀 밝혀지지 않았습니다.

베르나르 씨, 이러한 상황에서 지성인의 기능에 대한 정의, 즉 모리스 블랑쇼가 '산발적인 기능'이라고 정의했고 나의 모든 논의(말하자면 '내가 이야기했으니, 이제 당신 차례요'[132] 라는 식의)를 출발시킨 정의에 따라 글쓰기를 직업으로 하는 우리의 영역에서 서로가 서로에게 공격했으니, 이제는 각자 자신의 생각 속에서 익숙한 고뇌로 되돌아가야 할 때라고 생각합니다. 현재의 상황을 고려해보면, 위에서 말한 사건에 어떤 의미를 부여하기 위해서는 (말하자면 '인식적' 해석, 우리가 알다시피 단지 아는 것만 말하도록 허용하는 비트겐슈타인의 논리에 속하지 않는, '추정적이고 창조적인' 인식 형식을 위해서는) 아마 다른 언어가 필요한 것처럼 보이기 때문이기도 합니다. 그것은 바로 문학의 언어, 그러니까 이 책의

132 타부키의 고향인 토스카나 지방의 민담에서 이야기를 마무리할 때 주로 쓰는 말.

서두에서 말하려고 했던 것처럼, 현실을 해석하고 거기에 의미를 부여하는 허구이지요. 그런데 이 책의 고유한 언어와 관련하여 나는 순수하게 기술적인 고찰로 제한되어야 한다고 믿습니다. (당신도 알고 있듯이 모든 것이 그렇게 하도록 우리를 이끌고 있습니다.) 이렇게 말할 수 있을지 모르겠으나, '당시의' 이탈리아에 대해 언급할 때에도 '지금의' 이탈리아에서 일어나고 있는 사건을 '탈역사화'하고, 그것이 어떤 특정한 역사적, 정치적, 사회적, 문화적 맥락에 속한 것으로서가 아닌 사실 그 자체로 받아들이면서 말입니다. 간단히 말해 그 결론이 만족스럽지 않다고 고찰하는 데 머무르고(카를로 긴즈부르그가 자신의 고유한 도구들로 반박할 수 없게 증명했듯이), 또한 객관적인 증거도 없이 오로지 어느 '자수자'의 자백만을 토대로 소프리, 봄프레시, 피에트로스테파니에 대해 유죄를 선고한 것은 판결의 오류이거나 아니면 사법적 일탈이라는 것을 다시 한번 강조하는 데 머무르면서 말입니다.

그러므로 파솔리니가 「나는 안다」로 표현했던 '인식', 그러니까 여기에서 다시 상기하자면 "일어나는 모든 사건을 추적하려고 노력하고, 글로 쓰는 모든 것을 알려고 노력하고, 모르거나 침묵하고 있는 모든 것을 상상하려고 노력하고, 오래된 사건마저도 조직해보고자 노력하고, 총체적이고 일관성 있는 정치적 구도의 무질서하고 단편적인 조각을 함께 모아보려고 노력하고, 자의성과 광기와 신비가 지배하는 것처럼 보이는 곳에서 논리를 다시 세우는 것을 모두 상상해보려고 노력하는 작가"가 되는 것에서 나오는 '인식'을 하기 위해서는 이야기를 써야 할 필요가 있을 것입니다. 혹시 언젠가 어느 작가가 그 이야기를 쓰고 싶어할 수도 있습니다. 이런 사건은 다양한 이야기 방식을 제공합니다. 가설적인 작가는 공상과학소설에서 최소주의[133]에 이르기까지 자유롭게 상상할 수 있을 것이고, 원하는 곳에서 '역사'로 이행할 수도 있습니다. 예를 들어 머나먼 미래의 탐정이, 그 흔적은 사라졌지만 먼지 가득한 고문서에 남아 있는 '돌발성 졸도'[134]라는 이름의 신비로운 유행병 연구에서 출발하여 어떤 사건을 재구성하는 것을 상상해보십시오. 그것은 가령 파라오 투탕카멘(지금 일부 과학자들이 그의 미라를 연구하고 있지만)을 죽게 만든 세균처럼, 시간 속으로 사라진 세균에 의한 것이라고 말입니다. 아니면 침묵 속에 살아온 드라마를 감추고 있는 '추리소설', 가령 등장인물 두 사람이 나오는 이야기를 쓸 수도 있습니다. 그리고 그 이야기를 쓸 사람의 상상력을 전혀 손상시키지 않으면서 더 멋지게 상상해볼 수도 있을 것입니다. 첫번째 등장인물은 어느 여인, 철도원의 미망인인데, 그녀의 남편은 아무 이유도 없이 전혀 죄가 없는 어떤 파렴치한 행위와 관련되었다는 의혹을 받았기 때문에 불법적으로 연행되고 감금되었으며, 어느 경찰국장의 사무실에서 심문을 받았습니다. 그리고 설명할 길 없이 창문에서 떨어졌습니다. 그

133 문학에서 최소주의 또는 미니멀리즘은 피상적인 묘사와 낱말들의 경제적인 사용 등을 통해 독자로 하여금 이야기의 창조에 참여하도록 유도하며, 대부분 매우 짧고 간략한 소설 형식을 지향한다.

134 원문에는 malore attivo로 되어 있다. 주세페 피넬리의 죽음에 대한 제라르도 담브로시오Gerardo D'Ambrosio 판사의 판결에서 사용된 표현으로, 심문의 스트레스, 공복 상태에서의 지나친 흡연, 열린 창문의 찬바람 등이 복합적으로 작용하여 '졸도malore'를 유발했으며, 그 결과 피넬리는 균형 감각을 잃고 창문에서 떨어져 사망했다는 것이다.

여인은 30년 전부터 편지 한 장을 기다리고 있습니다. 누구도 설명할 수 없었거나, 또는 설명하려고 하지 않았던 남편의 죽음에 대해 설명해줄 편지를 말입니다. 하지만 이야기는 여인의 모습에 너무 오래 머무르지 않을 것입니다. 수치심 때문이지요. 그보다 이야기는 차라리 그녀가 기다리고 있는 편지에 집중될 것입니다. 왜냐하면 그 오랜 세월 뒤에 마침내 그녀에게 편지를 쓰는 누군가가 있기 때문입니다.

하지만 그 편지는 무엇을 말할까요? 그리고 특히 '누가' 그 편지를 쓰고 있을까요?

# 편집자의 메모

루이지 칼라브레시 경찰국장 살해 혐의로 유죄판결을 받은 아드리아노 소프리, 오비디오 봄프레시, 조르조 피에트로스테파니 사건은 지금도 끊임없이 반발과 항의를 불러일으키고 있다. 유죄판결에 반대하는 청원서가 유럽 사법재판소에 제출되었고, 세 사람의 유죄판결을 비판하는 권위 있는 관찰자들의 방대한 집단에는 종신 상원의원 노르베르토 보비오[135]도 포함되어 있다. 십육만 명이 넘는 시민들이 서명하여 이탈리아 공화국 대통령 오스카르 루이지 스칼파로[136]에게 개입을 요구했지만, 대통령은 모든 문제를 의회로 돌려보냈다. 곧바로 대통령에게 사면 요구를 거부한 세 명의 수감자는 소송의 재심을 얻기 위해 싸우고 있다. 봄프레시는 1970년대에 가장 널리 알려진 극좌파 운동 '로타 콘티누아'의 투사였고, 피에트로스테파니는 그 지도자들 중 하나였으며, 소프리는 명백한 리더였다. 그 단체는 1976년 해체되었다.

135 Norberto Bobbio(1909~2004). 이탈리아의 탁월한 철학자이며 역사학자로, 1884년 종신 상원의원에 임명되었다.

136 Oscar Luigi Scalfaro(1918~). 이탈리아의 정치가로, 1946년 제헌의원으로 선출되었으며 1992년 이탈리아 공화국 대통령이 되었다.

| | |
|---|---|
| 1969년 12월 12일 | 농업은행의 폰타나 광장 지점 안에서 폭탄이 폭발하여 열여섯 명이 사망했다. 조사는 무정부주의자 집단들을 향했는데, 몇 년이 지난 뒤에야 잘못된 방향이라고 인정되었다. |
| 1969년 12월 15일 | 극좌파에서는 테러의 책임자로 파시스트들과 국가를 비난하는 동안, 무정부주의자 철도원 주세페 피넬리가 불법 연행되어 밀라노 경찰서에서 심문받던 중 오층에 있는 루이지 칼라브레시 경찰국장의 사무실 창문에서 떨어져 사망했다. 당국의 설명에 따르면 죄의식에 짓눌려 자살했다고 하는데, 그것은 나중에 잘못되고 모순된 것으로 증명되었다. 신문 『로타 콘티누아』는 그가 살해당했다는 캠페인을 주도했고, 칼라브레시 경찰국장을 책임자로 비난했다. |
| 1970년 10월 | 칼라브레시가 명예훼손으로 『로타 콘티누아』를 고소한 소송이 시작되었고, 거기에다 1년 뒤에는 살해당한 무정부주의자 철도원의 미망인 리치아 |

피넬리가 밀라노 경찰서를 고소한 소송이 시작되었다. 이 소송은 1975년 치안판사 담브로시오의 기각 선고로 종결되었는데, 그는 살해와 자살을 모두 배제했고 '돌발성 졸도'로 인한 '개연적' 죽음이라고 선고했다. 담브로시오 판사는 연행과 심문 과정을 엄격하게 묘사했다.[판결문은 아드리아노 소프리의 주석과 함께 셀레리오 출판사에서 단행본으로 나왔다. (『무정부주의자 피넬리의 돌발성 졸도 *Il malore attivo dell'anarchico Pinelli*』, 팔레르모, 1996.)]

1972년 5월 17일 루이지 칼라브레시가 사무실에 가기 위해 집에서 나오다가 살해당했다. 일부 증인들에 따르면, 그에게 총을 쏜 것은 검은색 옷을 입은 남자였고, 그는 어느 여자가 운전하는 차를 타고 달아났다고 한다.

1972~1980년 여러 방향으로 조사가 이루어졌는데, 그중에는 언론 캠페인 때문에 의혹을 받고 있던 『로타 콘티누아』의 관계자들도 포함되어 있었다.

| | |
|---|---|
| 1988년 7월 28일 | 소프리, 봄프레시, 피에트로스테파니가 새벽에 각자 자기 집에서 체포되었다. '로타 콘티누아'의 예전 투사였던 레오나르도 마리노가 그들을 고발했는데, 그는 자기 자신이 칼라브레시 살해의 운전수였다고 지적했다. 봄프레시는 살해 집행자였고, 소프리와 피에트로스테파니는 살해 명령자였다는 것이다. |
| 1990년 5월 2일 | 밀라노의 중죄 법원[137]은 세 명에게 징역 22년을 선고했고, 마리노에게는 11년을 경감해주었다. 항소심의 첫번째 확정판결 이후 대법원[138] 합의부는 증거 부족과 "논리적 동기들과 형식의 심각한 결핍으로" 유죄판결을 무효화시켰다. |
| 1993년 12월 21일 | 두번째 항소심은 피고인들 모두에게 무죄를 선고했다. 하지만 무죄 선고에 반대한 배석판사에 의해 작성된 판결 의견들의 불일치로 인하여 선고는 무효화되었다.(소위 '자살 선고'였다.) |
| 1995년 11월 11일 | 세번째 항소심은 또다시 소프리, 봄프레시, 피에트로스테파니에게 22년 형을 |

선고했다. 마리노에게는 범죄행위의 시효가 소멸되었다.

1997년 1월 24일 일곱번째 평결 이틀 후 선고가 확정되었다. 소프리와 봄프레시, 그리고 오래전부터 파리에 살고 있던 피에트로스테파니는 일주일 후에 피사의 감옥에 출두했다.[139]

137 원문에는 Corte d'Assise로 되어 있는데, 이탈리아의 사법제도에서 두 명의 전문판사와 시민 중에서 선발된 여섯 명의 배심원으로 구성된 법원으로, 살인이나 테러 같은 중죄를 재판한다. assise는 '중요한 회합'이나 '총회'를 의미한다.

138 이탈리아의 대법원은 로마에 있다.

139 특히 2000년부터 그들의 사면을 둘러싼 다양한 호소와 논쟁들이 있었지만, 2006년 5월 봄프레시에게만 건강상의 이유로 사면이 허용되었다. 소프리는 2005년 11월 부르하버 증후군에 걸렸고, 그로 인해 2006년 1월 요양을 위한 석방이 허용되었으며 일종의 가택 연금 상태에 있었지만 TV 출연이나 다양한 만남이 허용되었다. 2012년 1월 16일 피렌체 법원은 형 집행종료에 서명했다.

# 안토니오 타부키 연보

1943~1968년 이탈리아 피사에서 태어남. 9월 24일생.
피사 근처의 작은 소읍 베키아노의 외갓집에서 어린 시절을 보냈고, 외삼촌의 서재에서 많은 외국 문학작품을 읽음. 베키아노에서 의무교육을 마침. 피사 대학 인문학부 입학. 대학에 다니는 동안 자신이 읽은 작가들의 흔적을 찾아보기 위해 여러 차례 유럽을 여행함. 그동안 파리 소르본 대학의 강의를 청강하면서 알게 된 포르투갈 시인 페르난두 페소아의 시집 『담배 가게*Tabacaria*』 프랑스어 판을 어느 헌책 노점에서 입수하여 읽었고, 거기에서 자기 삶의 중요한 모티프를 발견함. 이후 이탈리아로 돌아와 페소아를 더 연구하기 위해 포르투갈어 과정을 이수함.

1969년 논문 「포르투갈의 초현실주의」로 피사 대학 졸업.

1972년 피사의 고등사범학교에서 박사 과정을 마침.

1973년 볼로냐 대학에서 포르투갈어와 문학을 가르침.

1975년 토스카나 출신 무정부주의자 가족의 이야기를 다룬 소설 『이탈리아 광장*Piazza d'Italia*』 출간.

1978년 제노바 대학에서 포르투갈어와 문학을 가르침.

『작은 배*Il piccolo naviglio*』를 출간했지만 커다란 성공을 거두지 못함.

1981년 단편집 『뒤집기 게임*Il gioco del rovescio e altri racconti*』 출간.

1983년 『핌 항구의 여인*Donna di porto Pim*』 출간.

1984년 첫 성공작 『인도 야상곡*Notturno indiano*』 출간. 인도에서 사라진 친구를 찾아나서는 남자의 이야기를 통해 타부키 자신의 정체성을 찾으려고 한 소설로 평가됨. 1989년 프랑스 감독 알랭 코르노에 의해 영화화됨.

1985년 단편집 『사소한 작은 오해들*Piccoli equivoci senza importanza*』 출간. 1987년까지 3년간 리스본 주재 이탈리아 문화원장을 지냄.

1986년 『수평선 자락*Il filo dell'orizzonte*』 출간. 1993년 포르투갈 감독 페르난두 로페즈에 의해 영화화됨.

1987년 단편집 『베아토 안젤리코와 날개 달린 자들*I volatili del Beato Angelico*』, 페소아에 대한 글 모음집 『페소아의 2분음표*Pessoana Minima*』 출간. 『인도 야상곡』으로 프랑스 메디치 외국문학상 수상.

1988년 희극 『빠져 있는 대화*I dialoghi mancati*』 집필.

1989년 포르투갈 대통령이 수여하는 '엔히크 왕자 공로훈장'을 받았고, 같은 해 프랑스 정부로부터 '문화예술 공로훈장'을 받음.

1990년 페소아에 대한 저술 『사람들이 가득한 트렁크*Un baule pieno di gente*』 출간.

1991년 단편집 『검은 천사*L'angelo nero*』 출간. 포르투갈어로 『레퀴엠*Requiem*』 집필. 나중에 이탈리아어로 출간된 『레퀴엠』으로 이탈리아 PEN 클럽 상을 수상.

1992년 『꿈의 꿈*Sogni di sogni*』 출간.

1994년 『페르난두 페소아의 마지막 사흘*Gli ultimi tre giorni di Fernando Pessoa*』, 『페레이라가 주장하다*Sostiene Pereira*』 출간. 『페레이라가 주장하다』로 비아레조 상, 캄피엘로 상, 스칸노 상, 장 모네 유럽문학상을 수상. 1995년 이탈리아 감독 로베르토 파엔차에 의해 영화화됨.

1997년 공원에서 머리 없는 시체로 발견된 남자의 실화를 바탕으로 한 소설 『다마세누 몬테이루의 잃어버린 머리*La testa perduta di Damasceno Monteiro*』 출간. 소설 발표 이후 실제 사건의 범인이 자백하고 유죄 선고를 받음. 『마르코니, 내 기억이 맞다면*Marconi, se ben mi ricordo*』 출간. 『페레이라가 주장하다』로 아리스테이온 상 수상.

1998년 『향수, 자동차 그리고 무한*La nostalgie, l'automobile et l'infini*』, 『플라톤의 위염*La gastrite di Platone*』 출간. 독일 라이프니츠 아카데미에서 노사크 상 수상.

1999년 『집시와 르네상스*Gli Zingarii e il Rinascimento*』, 『얼룩투성이 셔츠*Ena ponkamiso gemato likedes*』 출간.

2001년 열일곱 통의 수취인 불명 편지를 보내는 내용의 서간체 소설 『점점 더 늦어지고 있다*Si sta facendo sempre piú tardi*』 출간.

2002년 『점점 더 늦어지고 있다』로 프랑스 라디오 방송국 '프랑스 컬처'에서 외국 문학에 수여하는 상을 받음.

2004년 레지스탕스 대원 트리스타노의 긴 독백으로 이루어진 소설 『트리스타노 죽다. 어느 삶*Tristano muore. Una vita*』 출간. 유럽저널리스트협회에서 프란시스코 데 세레세도 저널리즘 상을 수여함.

2007년 리에주 대학에서 명예 박사학위를 수여함.

2010년 『여행 그리고 또다른 여행들*Viaggi e altri viaggi*』 출간.

2011년 『그림이 있는 이야기*Racconti con figure*』 출간. 생애 후반기에 타부키는 1년 중 6개월은 가족과 함께 리스본에서 생활하고, 나머지 6개월은 시에나 대학에서 포르투갈어와 문학을 강의하면서 고향 토스카나 지방에서 생활함.

2012년 3월 25일 68세의 나이로 리스본 적십자 병원에서 암 투병중 눈을 감음. 제2의 고향 포르투갈 리스본에서 장례식을 치른 후 고국 이탈리아에 묻힘.

# 옮긴이의 말

## 어느 지성인의 초상

지성인(또는 지식인)이란 무엇인가? 그리고 그들의 역할과 임무는 무엇인가? 이런 주제에 대한 탐색과 논쟁은 시대와 상황에 따라 다양한 형태로 전개되었는데, 대부분 지성인들 자신에 의한 것이었다. 그러니까 그것은 지성인들의 자기반성적 성찰이자 일종의 자기비판으로 나타났으며, 그렇기 때문에 더욱 강렬한 메아리들을 남겼다. 때로는 역사의 흐름을 바꾸기도 했다.

현대 이탈리아 문학계에서 가장 주목받는 소설가 중 하나로 꼽히는 안토니오 타부키Antonio Tabucchi(1943~2012)의 이 책은, 지성인의 기능과 관련하여 이탈리아 지성계의 논쟁을 유발하고 거기에서 발전적인 전망을 찾아보려는 욕망에서 탄생했다. 그리고 그것은 이탈리아의 대표적 지성 움베르토 에코Umberto Eco(1932~)를 정면으로 겨냥한 만큼, 만약 에코를 포함한 지성인들이 적극적으로 참여했다면, 아마 상당한 반향을 불러일으켰을 것이다.

논쟁의 발단은 지성인의 임무에 대한 에코의 냉소적이고 아이러니한 언급이었는데, 이에 대해 타부키가 공개적으로 장문의 반박을 발표했던 것이다. 하지만 타부키 자신이 인정하듯이, 겨울잠에 빠진 이탈리아 지성인들이 별로 관심을 보이지 않음으로써, 타부키의 목소리는 외로운 외침으로 남게 되었고, 기대했던 지성인들의 비판적 자기성찰은 폭발하지 않았다. 그렇다고 타부키의 외침이 무의미한 것은 아니다. 지성인들의 반응과는 상관없이 이 책에서 타부키가 문제 삼거나 강조하는 것들은, 여러 측면에서 시의적절하고 유효한 것들이다.

지성인들의 관심을 끌면서 논쟁을 유발하기 위해 타부키는 감옥에 있는 아드리아노 소프리Adriano Sofri(1942~)에게 보내는 공개서한 형식으로 논쟁을 시작한다. 1970년대 초반 극좌파 투사였던 소프리는 칼라브레시 경찰국장 암살 사건의 주범이라는 혐의로 체포되어 유죄판결을 받았는데, 그의 재판 과정을 둘러싸고 많은 논쟁이 벌어졌다. 여기에서 중요하게 부각된 것은 소프리가 유죄인가 무죄인가의 문제가 아니라, 재판 과정에서 드러난 불합리와 모순, 그리고 이탈리아 감옥의 우려할 만한 상황이었다. 이 사건은 바로 현대 이탈리아의 다양한 모습을 집약적으로 보여주면서 동시에 지성인의 기능이 무엇인가에 대하여 반성하게 만드는 계기가 되었다. 그런 이유 때문에 타부키는 소프리를 논쟁의 중심인물로 내세운 것이다.

그리고 지성인의 기능과 관련하여 타부키가 강조하는 것은, 현실에 대한 시인 또는 작가의 인식 방식이다. 작가의 현실 인식은 자로 잰 것처럼 냉철한 이성에 의한 인식과 달리 '모호함'을 특징으로 한다는 것이다. 말하자면 삶의 다양한 측면을 바라보고 고려함으로써 획일적인 관점이나 판단을 거부하는 것이 작가의 고유한 인식이라는 주장이다. 그것은 비록 이중적이고 모호한 입장을 드러내지만, 복잡하게 뒤엉킨 삶의 여러 모습을 뒤집어보고 포용하는 자세이기도 하다.

이러한 지적들은 단지 이탈리아에만 국한되지 않고 바로 우리 자신에게도 해당하는 문제이다. 경제적이든 정치적이든 갖가지 위기와 불안감이 우리 주위를 맴돌 때에는 우리 지성의 등불을 밝히고 해결책들을 찾아야 할 필요가 있다. 많은 사람들이 지적하듯이 지성인이 따로 있는 것이 아니다. 누구든 자신이 가진 지성을 사용할 때 지성인이 되는 것이다.

그런데 시대에 따라 여러 가지 이유로 사람들은 종종 자신의 지성을 어두운 독방에 내버려둔 채 다른 것들에 정신이 팔려 살아간다. 그리고 그 틈을 이용하여 사방에서 동물적 성향이 고개를 쳐들고 삶의 가치가 뒤집어지기도 한다. 지나간 우리의 역사를 되돌아보면, 타부키 같은 사람들의 호소가 광야의 외롭고 공허한 외침으로 남을 때 돌이킬 수 없는 재난이 닥치곤 했다. 그렇기 때문에 어려운 시기일수록 겨울잠에 빠진 우리의 지성을 깨워야 한다. 『피노키오』에 나오는 '말하는 귀뚜라미'의 말에 귀를 기울여야 한다.

이 책은 원래 베르나르 코망의 편집으로 프랑스에서 먼저 출판되었고(*La gastrite de Platon*, Paris: Édition Mille et une nuit, 1997), 이탈리아어 판은 이듬해에 출판되었다. 하지만 본문에서 밝히고 있듯이 프랑스어 판에 없는 글이 추가되었다. 번역은 이탈리아어 판(*La gastrite di Platone*, Palermo: Sellerio, 1998)을 저본으로 삼았다. 지성인이라는 예민한 문제를 다루기 때문인지, 상당히 호흡이 길고 복잡한 문장으로 되어 있는데, 필요에 따라 서너 문장으로 나누어서 옮졌다. 그런 과정에서 혹시라도 작가의 의도에서 벗어났다면 그 책임은 전적으로 옮긴이에게 있다. 그리고 척박한 시기에 타부키처럼 우리의 지성을 일깨우려고 노력하는 문학동네에 감사를 드린다.

하양 금락골에서<br>2013년 3월<br>김운찬

**지은이 안토니오 타부키Antonio Tabucchi**

1943년 9월 24일 이탈리아 피사에서 태어났다. 포르투갈 시인 페르난두 페소아의 번역자이자 명망 있는 연구자이기도 하다. 『인도 야상곡』(1984), 『레퀴엠』(1992), 『페레이라가 주장하다』(1984)는 각각 알랭 코르노, 알랭 타네, 로베르토 파엔차 감독에 의해 동명의 영화로 제작되었다. 그의 작품들은 메디치 외국문학상, 장 모네 상, 아리스테이온 상 등 수많은 상을 휩쓸었다. 『이탈리아 광장』(1975)으로 문단에 데뷔해 『수평선 자락』(1986), 『사람들이 가득한 트렁크—페소아가 남긴 수고手稿』(1990), 『꿈의 꿈』(1992), 『페르난두 페소아의 마지막 사흘』(1994), 『다마세누 몬테이루의 잃어버린 머리』(1997), 『플라톤의 위염』(1998) 등 20여 작품들이 40개국 언어로 번역되어 사랑받고 있다. 2012년 3월 25일 예순여덟의 나이로 또다른 고향 포르투갈 리스본에서 암 투병중 눈을 감아, 고국 이탈리아에 묻혔다.

**옮긴이 김운찬**

1957년생으로 한국외국어대학교 이탈리아어과와 동 대학원을 졸업하고, 이탈리아 볼로냐 대학교에서 움베르토 에코의 지도하에 화두話頭에 대한 기호학적 분석으로 박사학위를 받았다. 현재 대구가톨릭대학교 문과대학 이탈리아어과 교수로 재직중이다. 저서로 『현대 기호학과 문화 분석』, 『신곡—저승에서 이승을 바라보다』가 있으며, 옮긴 책으로 단테의 『신곡』, 『향연』, 에코의 『번역한다는 것』, 『논문 잘 쓰는 방법』, 『나는 독자를 위해 글을 쓴다』, 『거짓말의 전략』, 『이야기 속의 독자』, 『대중문화의 이데올로기』, 『신문이 살아남는 방법』, 칼비노의 『우주 만화』, 『마르코발도』, 모라비아의 『로마 여행』, 파베세의 『피곤한 노동』, 『레우코와의 대화』, 과레스키의 『신부님, 우리 신부님』 등이 있다.

안토니오 타부키 선집 2

**플라톤의 위염**

초판 1쇄 인쇄 ¦ 2013년 3월 15일
초판 1쇄 발행 ¦ 2013년 3월 25일

지은이 ¦ 안토니오 타부키
옮긴이 ¦ 김운찬
펴낸이 ¦ 강병선

기획 ¦ 고원효
책임편집 ¦ 송지선
편집 ¦ 허정은 김영옥 고원효
모니터링 ¦ 이희연
디자인 ¦ 슬기와 민
저작권 ¦ 한문숙 박혜연 김지영
마케팅 ¦ 신정민 서유경 정소영 강병주
온라인 마케팅 ¦ 김희숙 김상만 이원주 한수진
제작 ¦ 서동관 김애진 임현식
제작처 ¦ 영신사(인쇄) 경일제책(제본)

펴낸곳 ¦ (주)문학동네
출판등록 ¦ 1993년 10월 22일 제406-2003-000045호
주소 ¦ 413-756 경기도 파주시 문발동 파주출판도시 513-8
전자우편 ¦ editor@munhak.com
대표전화 ¦ 031-955-8888
팩스 ¦ 031-955-8855
문의전화 ¦ 031-955-8890(마케팅) / 031-955-2686(편집)
문학동네카페 ¦ http://cafe.naver.com/mhdn
홈페이지 ¦ www.munhak.com

ISBN 978-89-546-2090-1 04880
ISBN 978-89-546-2096-3(세트)

이 도서의 국립중앙도서관 출판시도서목록(CIP)은
e-CIP 홈페이지(http://www.nl.go.kr/ecip)와
국가자료공동목록시스템(http://www.nl.go.kr/kolisnet)에서
이용하실 수 있습니다.
(CIP 제어번호: CIP2013001483)

## 인문 서가에 꽂힌 작가들

문학과 철학의 경계를 허문 상상의 서가에서
인문 담론과 창작 실험을 매개한 작가들과의 만남

## 조르주 페렉 선집

어느 미술애호가의 방 ¦ 김호영 옮김
인생사용법 ¦ 김호영 옮김
잠자는 남자 ¦ 조재룡 옮김
겨울여행 & 어제여행 ¦ 김호영 옮김
생각하기/분류하기 ¦ 이충훈 옮김
공간의 종류들 ¦ 김호영 옮김
나는 기억한다 ¦ 조재룡 옮김
+
나는 기억한다, 훨씬 더 잘 나는 기억한다—
페렉을 위한 노트 ¦ 롤랑 브라쇠르 ¦ 김희진 옮김

## 레몽 루셀 선집

아프리카의 인상 ¦ 송진석 옮김
로쿠스 솔루스 ¦ 송진석 옮김

## 레몽 크노 선집

문체연습 ¦ 정혜용 옮김
푸른 꽃 ¦ 정혜용 옮김